RÜZGÂRLAR HEP GENÇTİR

Rüzgârlar Hep Gençtir

Yazan: Ömer Zülfü Livaneli
Sevdalım Hayat adlı eserden uyarlanmıştır.

Uyarlayan: Senem Kale
Düzelti: Serra Tüzün
Resimleyen: Murat Başol
Kapak tasarım: Serkan Yolcu
Grafik uygulama: Havva Alp

Her 2.000 adet, bir baskı olarak kabul edilmektedir.

1. Baskı / Şubat, 2019
35. Baskı / Nisan, 2019
ISBN: 978-605-09-5946-8
Sertifika no: 11940

Doğan Egmont Yayıncılık ve Yapımcılık Tic. A.Ş.
19 Mayıs Cad. Golden Plaza No: 1 Kat: 10 Şişli 34360
Tel: (0212) 373 77 00 / Faks: (0212) 246 66 66
www.dexkitap.com / satis@dogankitap.com.tr

Basım yeri: Yıkılmazlar Basın Yayın Prom. ve Kağıt San. Tic. Ltd. Şti.
Adres: Evren Mah. Gülbahar Cad. No: 62/C Güneşli-Bağcılar /İSTANBUL
Tel: (0212) 515 49 47
Sertifika no: 11965

Toplu sipariş için tel: (0212) 373 77 44 **E-posta:** satis@de.com.tr

ZÜLFÜ LİVANELİ

RÜZGÂRLAR HEP GENÇTİR

Resimleyen: Murat Başol

DEX

Her şey akar!
Herakleitos
Efes, MÖ 540-480

Merhaba

Dünyanın ucunda bir gül açılmış
Efil efil esen yele merhaba
Karanlığın sonu bir ulu şafak
Sarp kayadan geçen yola merhaba

Günbegün yüreğim ulu yalımda
Engel tuzak kurmuş bekler yolumda
Zulümlerde, işkencede, ölümde
Bükülmeyen güce, kola merhaba

Acı da kahır da çekmiş geliyor
Güneşten boşanmış kopmuş geliyor
Bir ışık selidir, sökmüş geliyor
Nâzım usta, coşkun sele merhaba

Alınacak Anadolu'nun öcü
Yerde kalmayacak çekilen acı
Açıldı geliyor şafağın ucu
Şu doğdu doğacak güne merhaba

Selam olsun dört bir yana merhaba
Akan kana düşen cana merhaba
Hesap sorulacak güne merhaba
Türküler söyleyen dile merhaba

Yaşar Kemal

Merhaba

Sevdalım Hayat kitabımda yer alan anılarımı siz genç yürekler için gözden geçirirken, yaşamımın pek çok tohuma, çiçeğe, ağaca ulaşmamı sağlayan bir rüzgâra benzediğini fark ettim.

Bu rüzgâr olma hali sayesinde müzikte, sinemada, edebiyatta yeni fikirler geliştirebildim, sanat üzerine düşünmeyi hiç bırakmadım ve hayatın en büyük hazinesinin faydalı olmak olduğunu öğrendim. Şimdi de, yaşamımın sizlere cesaret ve güven verebileceğine inanıyorum.

Hatıralarımı derlerken bu sefer, daha çok mutlu anları düşündüm; dostluklar, dayanışmalar, ortak hayaller, gümbür gümbür patlayan kahkahalar, sevdayla dokunan anlar aklıma geldi.

Bana bakan gözlerdeki umut ışıltısını ve milyonlarca yürekten yükselen sağlıklı, diri sesin, bulutlu bir gökyüzü gibi gürleyişini hatırladım.

Ardından, "Kötü ve umutsuz günlerim için yakınmaya hakkım yok," dedim kendime. Her şeye rağmen güzel ve anlamlı bir hayattı benimkisi. Yaşadığım zorluklar olmasaydı, bu kadar insana dokunamayacak, böyle çeşitli çiçekler açtıramayacaktım zihnimde.

Yaşadığım hayat, dünyanın her yerinde her zaman farklı şekillerde yeniye ve genç olana direnildiğini gösterdi.

Bu dirençlerle yıllarca mücadele etmiş biri olarak size tavsiyem, mücadelenizi hep ürettiklerinizle, yarattıklarınızla verin; şiddetle ya da zalim oyunlarla değil.

Şimdi okuyacaklarınız arkadaşlarım, sürekli yenilik peşinde koşan, merak etmeyi ve öğrenmeyi bir an olsun bile bırakmamaya çalışan, hayatın her alanına sanat penceresinden baktığı için de kişisel çıkarları ön planda tutanları anlayamayan ve yaratıcı olmanın yolunu böyle kişilerden kaçmakta bulan bir adamın anıları.

Ankara'da, uzak iklimlerin düşünü kuran bir çocuğun kitap okuma merakından başlayıp aydınlanma heyecanı yaşayan bir gencin hayallerine, sonrasında ıssız Avrupa başkentlerine, oradan binlerce kişilik konserlere uzanan bir macera benimkisi.

Umarım bu hikâyem size ilham verir ve dünyayı güzelleştiren, sanatla dolu bir hayatınız olur.

Sevdalım Hayat

Akasya kokan gecelerde
Türküler söyleyip dolaşırdın sen
Birer birer dökülen hecelerde
Kendi yüreğinle yarışırdın sen

Sağ olsun uçan kuşlar
Çiçeğe durmuş ağaç
Yaşasın sevdalılar
Sevdalım hayat

Karanlıktan güçlüydü hep aydınlık
Uzakta parlayan sımsıcak ışık
Şiir sana tutkun sen ona âşık
Kendi yüreğinle yarışırdın sen

Sağ olsun uçan kuşlar
Çiçeğe durmuş ağaç
Yaşasın sevdalılar
Sevdalım hayat

Yaşam dalga dalga uzar giderdi
Ölüm gözümüzde bir arpa boyu
Çocuk gibi öper, okşar, severdim
Yediğim ekmeği, içtiğim suyu

Sağ olsun uçan kuşlar
Çiçeğe durmuş ağaç
Yaşasın sevdalılar
Sevdalım hayat

Zülfü Livaneli

Keçiler ve Koyunlar

Henüz çok küçük bir çocukken babaannem bir gün bana herkesin içinde "Keçi!" dedi ama bunu o kadar güzel bir biçimde söyledi ki, bundan kötü bir anlam çıkarmamam gerektiğini anladım. Sonra devam etti: "Bu benim yavrum keçidir! Öteki çocuklar koyundur, onların büyük kuyrukları her türlü kabahatlerini örter ama bu benimki kapatamaz; dağkeçisi gibi yapayalnız kalır."

Babaannemin gözleri her zaman hüzünlü olduğu için, bu sözleri söylerken de kederle gölgelendiğini sanıyorum. Keçi tanımı bana hiçbir şey anlatmamıştı elbette. Neden diğer çocuklardan ayrı olduğumu, beni onlardan neyin ayırdığını bilmiyordum ama demek ki, büyük hayat deneyimine sahip olan babaannem, ömür boyu içinde yaşayacağım durumu daha çocukken saptamış ve bana söylemişti.

Şimdi bu satırları yazarken seni çok daha iyi anlıyorum babaanne. Bir ömür boyu keçi olarak yaşadım, kabahatim varsa onu örtmeye değil apaçık bırakıp ondan ders almaya çalıştım. Doğru bildiklerim, hayatımda yapmak istediklerim, beni arkadaşlarımdan ayrı düşürse de, yalnız kalmama neden olsa da, hep bir keçi gibi burnumun dikine gittim.

Çocukluğumda, gençliğimde edindiğim bu karakter özelliği sayesinde yenilikçi besteler, filmler ve kitaplar üretebildim. Ve yıllar sonra dünyanın büyük sanatçılarıyla tanıştığımda, onların da çevresini kıskanmayan, sadece kendi bildiklerini yapmaya çalışan keçiler olduklarını gördüm.

1946 yılında Konya Ilgın'da doğdum. Dedemin bütün çocuklarını yerleştirdiği, annemin de çocukluğunun geçtiği, masallardaki gibi Rum işi bir evde dünyaya geldim. Ortada "hayat" dediğimiz, ev halkının da hatta hayvanlarımızın da girip çıktığı bir avlu vardı. Çok severdim o avluda oturup etrafıma bakınmayı. "İzbe" dediğimiz yer de kiler olarak kullanılırdı, oraya gitmekten korkardım çocukken. Arka taraf tamamen bahçeydi; arada sırada buradan meyve sebze, tarlalardan tahıllar getirilip avluya dökülür, ayıklanır, işlenirdi. İşte o zaman biz çocuklara türlü oyunlar çıkardı. Ekmek yapılan günleri de hiç unutmam. O kokuyu, koşuşturmayı, yakılan taş fırınların görüntüsünü, sıcacık ekmeklerin tadını... Cennet gibiydi anlayacağınız.

Babamın işi dolayısıyla hep çok yer gezdik, onlarca şehirde yaşadık ama Ilgın'ı bazı tatillerde ziyarete gittiğimizde, yanıma küçük bir çıkın alıp geniş bahçedeki "kavaklığa" gidip yere uzanarak kitap okumak kadar beni mutlu eden pek az şey oldu. Çünkü orada kitap okumak bir masal dünyasından başka bir masal dünyasına ışınlanma hissi yaratırdı.

1950'lerde artık Ankara'nın Kurtuluş semtinde, Bahadırlar Sokak'ta bahçe içindeki iki katlı bir evin üst katında, küçücük bir dairede buldum kendimi. Ömrünü ibadete vermiş olan hâkim emeklisi dedem, en büyük koruyucum babaannem, hukuk fakültesinde okuyan iki amcam ve gece gündüz dikiş dikerek evin geçimine yardımcı olan halam, bu küçük eve sığışmıştık. Evde, bir koridor üzerine sıralanmış bir salon ve iki odamız vardı. Küçük bir mutfak, bir de banyo; işte hepsi bu kadardı.

Babam, annem ve diğer kardeşlerimle birlikte değildim. Çünkü savcı babam Anadolu illerinde dolaşıyordu, beni de Ankara'da o dönemde okulların yıldızı olan Maarif Koleji'ne vermişlerdi. Bu yüzden dedem ve babaannemle birlikte kalıyordum ama bu, pek alışılmadık bir durum değildi. Çünkü ben üç yaşındayken kardeşim Asım doğmuş. O zamanlar babam Fethiye savcısıymış. Annem çok zayıf olduğu için iki çocuğun yükünü kaldıramayacağını düşünüp beni o yaşta dedemle babaannemin yanına vermişler. Daha sonra annem bana bu ayrılığın ona çok acı verdiğini, günlerce ağladığını anlatmıştı.

Ankara'daki alçakgönüllü evin eşyası da kırık döküktü diye hatırlıyorum. Çünkü memurlar arasında yaygın olan "İki taşınma, bir yangına bedeldir," sözüne göre, denkler, hurçlar içinde Anadolu'nun o köşesinden bu köşesine savrulan eşyamız, gerçekten de birkaç yangın geçirmiş gibiydi.

Mutfakta, içinde kavrulmuş kıyma, kenarları sararmış ve biraz kurumuş beyazpeynir, salamura zeytini gibi yiyecekleri barındıran bir teldolap bulunurdu. Bir de tepesi temiz bir bezle özenlice kapatılmış olan bir su küpü. Yoğurt, sokaktan geçen ve bet avazıyla yeri göğü birbirine katan yoğurtçudan alınırdı. Adam kapıya gelir, bir sırığın uçlarında sallanan kapaklı iki tepsiden birini açar, sonra yine kapaklı bir mahfazadan mala gibi bir şey çıkarır, yoğurdu onunla alır, tabaklara koyardı. O malanın, kaymak tutmuş bembeyaz yoğurtta kayışı çok güzeldi. Evdeki tel somyaların altına doldurulan kavun karpuz da böyle satın alınırdı, su da.

Babaannem harika kuru köfte ve patates yapardı. O köfteler yağda kızarırken eve yayılan nefis kokunun ömrüm boyunca burnumdan gideceğini sanmıyorum. Zeytinyağında kızartılan pufböreği kokusundan ise nefret eder, kaçacak yer arardım.

Ela gözlü güzel Melahat Halam, sürekli rengârenk kumaşları biçer, ayaklı Singer dikiş makinesinde tıkır

tıkır çalışır, teyel atar, ilik açar, düğme dikerdi. Onu hep çalışırken görürdüm. Hiç sarmısak ve soğan yemediği için sofrada birçok yemeğe elini sürmezdi. Halam, babaannemle birlikte bana en yakın olan kişiydi. Çok duyarlı oldukları için ben bu iki kadını, dedem ve genç amcalarımdan daha yakın bulurdum kendime.

Hayatın her ayrıntısına farklı bakış açılarını birleştirerek bakabilmenin, yaratıcılığı artırdığını düşünürüm. Daha ilkokula bile gitmeden önce, anne ve babamın dışında da pek çok kişi tarafından sevgiyle büyütülmem, bana bu bakışı kazandırmıştı. Halamın renklere aşkı, babaannemin bilgeliği, dedemin ahlakı, amcamların delikanlı mertliği, annemin duygusallığı, teyzemin hayat sevinci, babamın zarifliği... saymakla bitmez bir zenginlikle çevreliydim.

O devirde Kurtuluş semti çok tenhaydı, arkasındaki Topraklık semti yeni yeni oluşuyordu. Ben her gün koleje yürüyerek gidiyordum. Diğer ilkokul öğrencileri gibi siyah önlük giyip beyaz yaka takmıyorduk. Göğüs cebine kolejin arması işlenmiş mavi, üç düğmeli ceket ve altına, mevsimine göre bazen kısa bazen uzun gri kaşe pantolonla dolaşmak çok fiyakalıydı doğrusu. Kurtuluş'ta bu giysiyi giyen tek çocuk bendim herhalde. Sokakta insanlar dönüp dönüp bakardı. Çünkü o günlerin inancına göre "bir lisan bir insan" demekti, bu durumda İngilizce öğrenen bizler, bücür boyumuza bakmadan en az iki insan ediyorduk.

Dedem hâkim emeklisi, babam da savcı olmasına rağmen yine de maddi sıkıntılar çekiyorduk; beni o koleje gönderebilmek için bütün aile büyük özverilerde bulunuyordu. Bana hiç kıyamayan babaannem bile, koşullar yüzünden harçlık verirken çok zorlanıyordu.

Okulda çocuklar, kantinden aldıkları, içinde kurumuş, kenarları kıvrılmış incecik bir dilim kaşar olan bayat ekmekten sandviçi satın alıyor, öğlen bunu yiyorlardı. Bir sandviç elli kuruştu. Ben de arkadaşlarımla birlikte bu tatsız, lastik gibi şeyi yemekten hoşlanıyordum. Oysa babaannem bana her gün evden ekmek arasına kuru köfte gibi çok daha güzel yiyecekler hazırlıyor, bir paket yapıp veriyordu ama ben hepsi de zengin olan arkadaşlarımın yanında bunu açıp yemeye utanıyordum. Sandviç yemekte ısrar etmem üzerine babaannem sinirleniyor ve "Sandöviç, sandöviç! Neymiş bu sandöviç! Benim hazırladığım mis gibi şeyleri yesene!" diyor ama yine de bana kıyamıyor ve onun için müthiş değerli olduğunu bildiğim 50 kuruşu çıkarıp söylene söylene veriyordu.

Bir emekli hâkim maaşıyla iki çocuğun üniversitede okutulduğu kalabalık evin, o alçakgönüllü, dar gelirli hali bize hiç dokunmuyordu. Çünkü o dönemin Ankarası'nda memur aileleri böyle yaşardı. Kimsenin aklına da başka türlü bir yaşam gelmezdi. Çok paranın, bankadaki birikime verilen faizin, borsanın, lüks yaşamın, televizyonun, her evin önünde otomobilin, özel telefonun bilindiği bir devir değildi bu. Herkes kıt kanaat de olsa geçinebildiği için, kendisine her ay para veren devlet babaya dua eder, kendini güvende hissederdi. Eğer bankada bir birikim varsa, faiz falan akla gelmez, ya bankanın hediye ettiği bir kumbaraya sevinilir ya da arada bir çekilen piyangolara umut bağlanırdı.

Yazları tatile gelen aile üyeleriyle o küçücük evde kişi sayısı bazen on beşin üstüne çıkardı. Yemek masasının üstünde bile çocukların yattığını hatırlarım. Babaannemin bu gibi durumlar için kullandığı bir söz vardı: "Gönüller geniş olsun!"

Otel bilinmediği için herkes aynı eve sığışır, lokanta akla gelmediği için bütün aile aynı sofrada yemek yerdi. Yine de bugünkünden çok daha fazla gülündüğünü, konuşulduğunu, eğlenildiğini hatırlıyorum.

Aslında Elazığ'da çok büyük bir arazinin sahibi olan, sonradan istimlak edilen yani kamuya açılan bölgenin tam ortasına askeriye yerleştiği için bu büyük toprakları üç kuruş bedeli karşılığında kaybeden (hatta o bedeli de almayan), elde avuçta kalan malı mülkü satarak beş çocuğunu okutan ve zenginlikten kıt kanaat geçinilen bir yaşama düşen bu memur ailesiyle ve onun alçakgönüllü haliyle her zaman övünülürdü. Çünkü kaç kuşaktır devlete hizmet eden ailenin aklına hiç yasadışı bir şekilde üstüne para geçirmek, haksız kazanç sağlamak, konumunu kullanarak rüşvet almak gelmemişti.

Osmanlı subayı büyük dedemin sorgu hâkimi oğlu ya da yargıda yüksek mevkilere gelen üç torunu, bu ahlak anlayışlarının ödülünü, dar gelirli ama başı dik ve mağrur bir duruşla almışlardı.

Lise yıllarımda, şimdi adını unuttuğum biri bana, "Benim senin gibi bir babam olsa, ne biçim para kazanırdım," demişti. O sırada babam, Yargıtay'da 2. Ceza Dairesi başkanıydı. Bu devirde inanmanız belki güç ama ben o gün, onun ne demek istediğini anlamadım. O kişinin saçma sapan konuştuğunu düşündüm, babam bir hukukçuydu ve bu işin parayla ne ilgisi vardı?

Kardeşlerimle birlikte yıllar boyunca babamı; değil bir hâkimin, herhangi bir trafik polisinin bile küçük bir rüşvet alacağına inandıramadık. "Olur mu oğlum hiç öyle saçma şey?" diyordu. "Devlet memuru rüşvet alır mı? Bunun lafını bile duymak istemiyorum."

En kızdığı şey böyle tartışmalardı. Devlete laf söylendiği zaman sinirli bir edayla, "Siz öyle bilirsiniz!" deyip konuşmayı keser, başını başka yöne çevirerek bir bacağının üstüne attığı öteki bacağını sinirli sinirli sallamaya başlardı.

Ben ve kardeşlerim okuldan eve geldiğimizde tahta kalem kutumuzda yabancı bir kalem bulunursa yanardık. "Kimden aldın bu kalemi, kimin bu?" sorusuna karşılık, "Arkadaşımın kalemi, yanlışlıkla karışmış" gibi bahaneler asla kabul edilmez ve bu işin karşılığında bizi büyük bir ceza beklerdi.

Yargıtay başkanlığına vekâlet ederken babamın siyah, uzun bir makam aracı vardı. Onu eve bırakır giderdi. Bizler o arabanın içini hiç görmedik, neye benzediğini de bilmiyoruz. Araba babamı bırakıp hemen ayrılır, bir yere gideceksek otobüse ya da babamın daha sonra aldığı elden düşme küçük Opel'e biner giderdik. O günlerde para pul işini zaten düşünmezdik.

Ortaokula başladığım sene, artık annemler de Ankara'ya gelmişlerdi. Babam adalet müfettişi göreviyle sürekli Anadolu'yu dolaştığından, ay başlarında annemle onun maaşını çekmeye giderdik. Annem, ben çok küçükken yaptığı gibi yine elimi tutardı ama bu kez beni korumaktan çok, benim ona yardım etmemi istemesinden kaynaklanıyordu bu sıkı sıkı tutuş. Çünkü bu genç, güzel ama çok heyecanlı kadın, son zamanlarda nedense yabancılarla konuşamıyor, kekelemeye başlayacağı korkusu yaşıyordu. Nereden çıkmıştı bu korku, bilmiyorum. Annem kekeme değildi ama Ankara yıllarında, "Ya kekelersem?" diye bir korkuya kapıldı.

Bahçelievler Çarşı durağındaki Ziraat Bankası'na giderken elimi sıkıyor ve "Bankaya gidince babanın adını ve hesap numarasını söyle!" diye tembihliyordu. "Anne sen söylesene!" diyordum. "Ya kekelersem?" diyor ve heyecandan sahiden kekelemeye başlıyordu.

Bu "dünya korkusu" ve heyecan, derece derece bana ve bütün kardeşlerime geçti; başka biçimlerde kendini gösterse bile bizim ailedeki kişiliklerin önemli bir bölümünü oluşturdu. Yıllar sonra stüdyoya girip türkülerimi seslendirmek zorunda kaldığım ilk günlerde aniden sesimi yitirmem, gece uykularında kasılıp kalmam, sahneye çıktığım ilk günlerde içine sürüklendiğim ve başımı alıp kaçma isteği uyandıran büyük korkular bana hep, bu endişelerin etkisiyle 38 yaşında dünyadan göçüp giden, kumral, güzel gülüşlü, aşırı telaşlı annemden miras kalmıştır. Ama belki de bu korku beni daha çok, sahnede olmaya değil, beste yapmaya ve sonrasında kitap yazmaya itti.

İlkokul yıllarımın bitmek tükenmek bilmeyen iki büyük tartışma konusundan biri Vita yağı, öteki ise Zeki Müren adlı, radyolarda sesi yeni yeni duyulmaya başlayan genç şarkıcıydı. Vita tartışmasını daha öncelerden, Amasya'da Yeşilırmak kıyısındaki evimizden hatırlarım. O güne kadar yemek pişirmek için kullanılan tereyağı yerine, Vita adlı, yabancı isimli ve devrine göre çok modern sayılacak bir ambalaj içindeki margarin öneriliyordu. Belki de Türkiye'nin bugün içine düştüğü marka, ambalaj, reklam çılgınlığının ilk adımıydı Vita. Çünkü adı yabancıydı, ambalajı moderndi. Evlerdeki genç kadınlar hemen bu yeni ürüne yöneldiler ama yaşlılar, "Vita da neymiş!" diyerek buna şiddetle karşı çıktılar. Yüzlerce yıla dayanan mutfak kültürüne büyük bir saldırı yapılıyormuş gibi hissettiler. Pilav dediğin tereyağlı olurdu, yumurta tereyağına kırılırdı; eski köye yeni âdet getirmek de neyin nesiydi. Bu tartışmalar, bütün evler gibi bizim evimize de girmişti. Annem yenilikçi, babaannem gelenekçiydi. Bunun üzerine bütün evlerde, gelenekçileri kandıracak düzenlemeler yapıldı. Gelinler gizlice Vita yağıyla pişirdikleri yemekleri, tereyağı kullanmış gibi aile büyüklerine sundular. Onların çok beğenmesi, "Eline sağlık kızım, pek nefis olmuş," demeleri üzerine de sırlarını açıkladılar. "Yemeği Vita'yla yaptım. Bakın, gördünüz mü, pekâlâ oluyormuş."

Bu mücadeleyi, kaçınılmaz olarak Vita ve onu izleyen diğer margarinler kazandı. Sağlıklı yaşam kavramının ortaya çıkacağı ve margarinlerin damarlar için tehlikeli olduğunun anlaşılacağı yıllara kadar da böyle sürüp gitti bu iş.

İkinci tartışma konusu ise Zeki Müren'di. O güne kadar kulaklarında Hafız Burhan, Münir Nurettin gibi gazelhanların seslerine alışık olan halk, radyodan duyduğu bu yeni sese bir türlü ısınamıyordu. Babaannem, "Yavan sesli adam!" diyordu Zeki Müren için. Ama gençler onu tutuyordu. Bütün mücadelelerde olduğu gibi bu tartışmayı da gençler kazandı ve bir süre sonra Zeki Müren on yıllarca sürecek saltanat tahtına kuruldu.

Ankara'da ilkokul öğrencisiyken babaannem beni Zeki Müren'in Büyük Sinema'daki bir konserine götürmüştü. Onun beni Ankara Radyosu'nun seyircili programlarına, konserlere götürüşünü hiç unutamam. Evden çıkarken elimi tutar, bir daha da bırakmazdı; aynı şeyi annem, halam da yapardı. Erkeklerle dışarı çıktığımızda ise hiçbiri elimi tutmazdı.

Büyük Sinema'daki konserde Zeki Müren, o dönemde Türk seyircisinin alışık olmadığı bir yenilik getirerek bir iki giysi değiştirmişti. Gözlüklü, kibar giyimli genç bir adamdı. O gün koltukta oturup Zeki Müren'i dinleyen küçük çocuğa biri gelip, "Bak evladım, sen büyüyüp besteci olacaksın. Günün birinde "Belalım," "Leylim Ley" diye şarkılar besteleyeceksin. Sahnedeki Zeki Müren bu şarkıları okuyacak, plak yapacak. Sonra da seninle tanışmak isteyecek," deseydi, herhalde korkar ve bu kaçık benden ne istiyor diye babaanneme iyice sokulur, onun koruması altına girerdim.

Zeki Müren şarkılarımı albümüne kaydettikten sonra Hilton'da neyle ilgili olduğunu unuttuğum bir davette tanıştık. O eski, ince, gözlüklü genç gitmiş, yerine, son yıllarda hepimizin belleğine yerleşen kilolu, süsüne düşkün Zeki Müren gelmişti. Bana aşırı kibar kelimelerle bin bir iltifatta bulundu. Böyle şarkılar yazılmasının ne kadar önemli olduğunu, artık iyi şarkı bulamadıklarını anlattı. Beni eski bestekârlarla karşılaştırarak onurlandırdı.

Benim sürekli geçmiş ile bugün arasında gidip gelen ve her yaşımı ayrı bir kişi gibi kavrayan zihin yapımın, Zeki Müren'le görüştüğüm zaman da Büyük Sinema'daki koltukta babaannesinin elinden tutmuş oturan küçük çocuğu görmesi şaşırtıcı değil. O çocuk bir gün tanınacağını hiç düşünmüyordu. Gençliğinde de düşünmemişti. Adının duyulması, yaşadığı olaylar sonucunda ortaya çıkan bir yan ürün olacak ve ona sürekli sıkıntı verecekti. Bazen uyku ile uyanıklık arasından ürpererek sıyrılacak, "Şu anda kim bilir kaç kişi benden söz ediyor?" diye derin kuşkulara kapılacaktı.

O çocuk, ömrü boyunca, kitleler tarafından yanlış anlaşılıyor oluşunun hiçbir şeye benzemeyen bunaltısını yaşayacak, "tanınmışlık" denilen boyunduruğu boğazından atmaya çalışacak ama bunu her denediğinde boyunduruğun daha da sıkıştığını görecekti.

"Ne olur beni bu kadar kolay anlamayın!" demek isteyecekti. "Biraz düşünün, siyah beyaz algılayıp üzerime etiketler yapıştırarak birtakım çekmecelere kilitlemeyin beni." Ama dünyada birçok sanatçının kaçınamadığı yazgı, onu da bulacaktı. Büyük kitlelerin sevgisiyle sayı olarak kıyaslanamayacak kadar küçük kalsa bile, onunla doğru orantılı olarak artan profesyonel düşmanlar. Çarpıtılan görüşler, yakıştırmalar, dedikodular, iyi niyeti kötü niyet gibi okuma çabaları.

İyi ama "tanınmış" olmayı hiç düşünmemiş olan ve sonunda annesinin ve babaannesinin elini bırakmak zorunda kalarak kalabalıkların içine dalan bu "keçi" kimdi, nereden geliyordu? Bunu anlamak için 19. yüzyıla gitmek ve bizim ailenin en önemli efsanesi olan Mülazım Ömer Bey'den başlamak gerekiyor.

Gökyüzü Herkesindir

Bir gün
Çok bunalırsan
Denizin dibinde
Yosunlara takılmış gibi
Soluksuz
Sakın unutma gökyüzüne bakmayı
Gökyüzü senindir
Gökyüzü herkesindir

Zülfü Livaneli

Rus Komutanı Öldüren Dede

Baba tarafından dedemin babası olan Ömer Bey, eskiden Livane Sancağı adıyla anılan Artvin'de çok güzel atlara sahip Yusuf Ağa'nın oğludur. Yusuf Ağa, o zamanlar padişaha doğrudan bağlı olan ve özel rütbeyle görev yapan yerel yöneticilerdendir. Üç oğlundan biri Çarlık Rusyası'na gitmiş ve orada kalmıştır, bir oğlu da sakattır.

"93 Harbi" olarak anılan 1877 Osmanlı-Rus Savaşı sırasında Yusuf Ağa'nın köyü Rus ordusu tarafından kuşatılır. Yusuf Ağa oğlu Ömer'i köyden kaçırır. Cephe komutanı Ahmet Muhtar Paşa'ya yazdığı bir mektubu eline tutuşturarak onu gizlice Erzurum'a gönderir. İki gün sonra da Ruslarla çarpışma başlar ve Yusuf Ağa'nın başında bulunduğu köy tamamen imha edilir. Aileden herkes öldürülür; tek kurtulan, Erzurum'a gönderilen Ömer'dir.

93 Harbi'nin efsane komutanı Ahmet Muhtar Paşa, Ömer'i yanına alır, özel muhafızı yapar. Çarpışmalar sürüp gider ve kış bastırınca mütareke yapılır. Erzurum, Rus ordusunun işgali altındadır. Bu arada Ahmet Muhtar Paşa, Batı'ya tayin edilmiş, yerine başka bir paşa gelmiştir.

Ahmet Muhtar Paşa'nın tavsiyesi üzerine Ömer görevine devam etmektedir. Erzurum'daki Rus ordusunun merkez komutanı halka zulmetmekte ve bir işgal ordusu komutanı olarak Erzurumluları ezmektedir.

Yakınmaların çok artması üzerine Mülazım Ömer Bey, iki subay arkadaşıyla Rus komutana pusu kurar. Her şeyin donmuş olduğu bir kış gecesinde, sivil giyimli Ömer Bey ve arkadaşları, meyhaneden iki muhafızıyla çıkan Rus komutanı ve muhafızlardan birini öldürürler. Öteki muhafız kaçmayı başarır.

Bu olay üzerine Erzurum'da kıyamet kopar. Ruslar her taburu, her birliği gözden geçirmekte, kurtulan muhafızın tanıklığına başvurarak, idam etmek için suikastçıları bulmak istemektedir. Ömer Bey ve arkadaşları, önlem olarak askeri hastaneye yatırılır. Burada onlara, ancak ölmeyecekleri kadar yiyecek verilmektedir. Bir de her gün katranla ovulmaktadır yüzleri ve vücutları. Ruslar, arama tarama çalışmalarının sonuna doğru revire de baktıklarında, karşılarında avurdu avurduna geçmiş, kaburgaları sayılan ve neredeyse bir Afrikalı kadar esmer tenli insanlar görünce, bunlardan kuşkulanmazlar.

Bütün bunlara rağmen Mülazim Ömer Bey yine de tehlikededir. Bu tehlikenin farkında olan komutanı, Erzurum'dan uzaklaştırmak için onu, kolağası rütbesine yükselterek, yardımcı bir birlik olan, Harput Redif Taburu'na tayin eder.

O sıralarda Harput Redif Taburu, Hüseynik olarak anılan köydedir. Kolağası Ömer Bey buraya yerleşir, o bölgede yaygın olarak yaşayan Çeçenlerden bir kızla evlenir. Çocukları olur.

Buraya kadar tipik bir Osmanlı hikâyesi olarak devam eden hazin macera yine aynı biçimde sona erer ve Ömer Bey seferde ölür. Geride bıraktığı, 10 yaşındaki oğlu Zülfikar'dır.

Erkek çocuk sahibi olmak isteyip de uzun süre bunu başaramayan aile, o yöredeki bir yatıra adakta bulunur; çocuğun doğması üzerine de ona, bu yatırın ismini verir. Hamilelik sırasında yatır sık sık annenin rüyalarına girer.

Böylece benim kimselere benzemeyen adımdaki, pek de yan yana gelmeyen Ömer ve Zülfü açıklanmış oluyor. Zülfü, Hazreti Ali'nin kılıcı Zülfikar'ın bir türevidir. Soyadı ise, o dönemde Ömer Bey ve ailesine verilen Livanelioğulları lakabından kaynaklanmıştır.

Zülfikar Bey babasından devraldığı devlet hizmeti geleneğini sürdürmüş, sorgu hâkimi olmuştur. Benim tanıdığım en büyük dede odur. İriyarı, heybetli, çok hoş bir hâkim dede olarak canlanır gözümde. İşte böyle bir geçmişten gelen baba tarafımın bana en büyük hediyesi; sertlik ile sevecenliği eşsiz bir uyuma kavuşturan dedem ve aydın babaannemle geçen, kolejden daha büyük bir eğitim olan yıllarımdı.

Bu arada dedelerle ilgili en ilginç olay da ölüm tarihleridir. Bana ve kardeşime, daha sağlıklarında iki dedemizin isimleri verilmiştir.

Yıllar sonra Zülfikar Dedem benim doğum günüm olan 20 Haziran'da, Asım Dedem de Asım'ın doğum günü olan 2 Temmuz'da öldü. Sanki bu dünyayı, isimlerini taşıyan torunlarına devredip gittiler. Bu nedenle onların ölüm ve bizim doğum tarihlerimiz, bir çeşit devir teslim anlamı taşımakta bizler için.

Babam da ailesinin izinden giderek, 1940'ta fakülteyi bitirdikten sonra savcı olarak atandığı kaplıcalar kenti Ilgın'da davavekili Asım Bey'in üç kızından ortancası olan Şükriye ile evlenmiş. Adliyenin arkasındaki konağın büyük bahçesinde dolaşırken gördüğü bu kumral kıza ilk görüşte âşık olmuş.

Bu evlilikle ailedeki hukukçu sayısı arttı elbette. Kardeşim Asım'la iyice perçinlenen hukukçu geleneğinde, soyadımızın ilk kez "sanık" olarak anılışı benim sayemde, rüzgârlı gençliğimde olacak; bastığım, okuduğum kitaplar ve arkadaşlarım nedeniyle sorgulanacak, hatta hapis yatacaktım.

Sevdalı Başım

Ah benim sevdalı başım
Ah benim şair telaşım
Ah benim sarhoşluğum
Ah çılgın yüreğim
Sus artık uslandır beni

Kaç okyanus geçtim böyle
Kaç denizde yitip gittim
Kırılmış direkler yırtık yelkenlerle
Kaç seferden yorgun döndüm

Ah benim yaralı ruhum
Ah benim insan kusurum
Ah benim isyanlarım
Ah yalnızlıklarım
Gel artık uslandır beni

Ah benim iyimser yanım
Ah benim aldanışlarım
Ah benim kavgalarım
Ah pişmanlıklarım
Sus artık uslandır beni

Zülfü Livaneli

Çakal Mağaraları

Hiç denediniz mi bilmem; bu dünyaya ilişkin ilk izlenimin resmini bulmaya çalışmak, uçsuz bucaksız imgeler denizinde balık avlamaya benziyor. Gittikçe derine iniyorsunuz, bellek zorlandıkça yeni imgeler ortaya çıkıyor.

Bende, bu dünyaya ilişkin ilk resim aslında kral mezarlarıdır. Derin sulardaki ilk bulanık imgedir bu. Sonradan bütünlediğim kadarıyla Fethiye'de, milattan önce 4. yüzyıldan, Likya döneminden kalma, kralların kaya mezarları bende ilk büyük etkiyi yapmıştır.

Doğumumdan çok kısa bir süre sonra Fethiye'ye gitmişiz. Bu kıyı kasabasına savcı olarak atanan babam, ben doğduğum gece önce trene, sonra katıra binip dağları aşarak yeni görev yerine gitmekteymiş.

Fethiye'de üç yaşına kadar yaşadığıma göre, demek ki anılar bu yaşlara ilişkin. Kaya mezarlarını gösterip orada çakalların yaşadığını söylediklerini hatırlıyorum. Aklımda hep "çakal mağaraları" olarak kaldılar. Bir de bahçeli, beyaz bir ev görüyorum. Fethiye depreminde kasabanın büyük bir bölümü yok olduğu için bu ne derece gerçek, bilemiyorum.

Daha sonra resimler Mersin'e atlıyor. Mersin'de ahşap bir evin bahçesinde silkelenen bir dut ağacı ve altına sofra örtüsü tutularak toplanan lezzetli dutlar aklımda.

Sonra ailecek faytonda gittiğimizi görüyorum. Kucağıma boydan boya bir saz uzatılmış. Atların nal seslerine uygun olarak telleri tıngırdatıyorum. Daha sonra babamın saz merakı olduğunu ve yoğun iş yaşamından fırsat buldukça, dertlendiğinde ya da neşelendiğinde bu çalgıyı kendine arkadaş edip, müziği çok sevdiğini öğreneceğim.

Şimdi düşünüyorum da, beni ben yapmada eşsiz önemi olan saz ve müzik sevgisi babamın bana verdiği en büyük hediyeydi.

Bu hediyeye birinin daha büyük katkısı vardır; beni bisikletinin arkasına bindirerek gezdiren kumral, gözlüklü İzzet Amcam. 25 yaşında veremden ölen bu yakışıklı gencin, oturduğumuz ahşap konakta her gün keman çaldığını hatırlıyorum. O notalar hâlâ kulağımdadır.

Bir gün evde kibritle oynarken yanlışlıkla perdeleri tutuşturduğumda, alevli perdeleri çekip almış ve avuç içleri kabarmıştı. Bir süre keman sesleri kesilmişti evde ve o yaşımda müziksiz kalmanın ilk hüznünü bilmeden yaşamıştım. Elbette canım amcama yaşattığım acının da suçluluğu vardı üzerimde.

Zihnimdeki ilk resimlerden sonra Silifke'de Göksu kıyısındaki büyük evle ilgili anılar başlıyor. Göksu Nehri'nde yüzen bir kayısı dalını dakikalarca izlediğimi ve sonra çıplak ayakla bir akrebin üstüne bastığımı hatırlıyorum.

Yıllar beni pek az değiştirdi; şimdi bile bir güzelliği izlemek, yaratmak ya da desteklemek uğruna akrebin zehrine katlanırım ve bu ülkümü yakın çevremle paylaşıp onları cesaretlendirmeye çalışırım...

Sonra evin çok büyük salonunda herkesin sessizce ağladığı o gün geliyor gözlerimin önüne; keman çalan, fidan gibi oğlunu yitiren bir ailenin acısı ve fırtınalı bir gece sabaha karşı evde bir telaş ve kız kardeşim Seyhan'ın doğuşu...

Silifke'deki evin bahçesinde büyük bir ağaç vardı. Yıllar sonra Márquez'in *Yüzyıllık Yalnızlık* kitabını okurken, emekliye ayrılmış olan Albay Buendia'nın altında oturduğu ağaç, hep o ağaç olarak canlandı gözümde. Nasıl ilişki kurduğumu bilmiyorum ama kesinlikle o ağaçtı anlatılan.

1989 yılında Meksika Cumhurbaşkanı Gortari'nin davetlisi olarak Chapultepec Başkanlık Sarayı'nın bahçesinde yemek yiyorduk. Görkemli bahçede hemen gözüme çarpan şey, yemek yediğimiz çardağın yanındaki ağaçtı. Çocukluk günlerimin ilginç, benzersiz ağacıydı bu ve masamızdaki konuklar arasında o ağaca en yakın oturan kişi Gabriel García Márquez'di. Oysa ben bu benzerliği kuralı yıllar oluyordu. Yaşam ilginç rastlantılarla dolu.

Babam Silifke'den Amasya'ya atanınca biz de Göksu kıyısından Yeşilırmak kıyısına, iki katlı bir eve geçtik. Her yıl kabarırdı Yeşilırmak. Amasya'yı sel basardı. Sular kabarmaya başladığı zaman toplanır, tepe mahallelerde oturan bir tanıdığın evine taşınırdık. Günler sonra geri döndüğümüzde sular çekilmiş olurdu. Geride koyu, kaygan, yağlı bir bataklık çamuru kalırdı. Sonra çamur yavaş yavaş kurur ve kesek dedikleri çatlak bir hal alırdı.

Bir gün selden sonra eve döndüğümüzde, kuruyan toprakta ayakları çakılı kalmış beyaz bir tavuk görmüştüm. Çırpınıp duruyor ve toprağa âdeta kök salmış olan ayaklarını çıkaramıyordu. O tavuk zaman zaman rüyalarıma girer.

Çocuk yüreğimdeki hayvan sevgisi hiçbir zaman eksilmedi.

Amasya'da ilkokula başladım. O zevkli günlerden Yeşilırmak kıyısındaki çocuk oyunları ile en küçük kardeşim Ferhat'ın doğumu kaldı aklımda. Kuran kursuna gönderildiğimi de hatırlıyorum. Boynuma taktığım muska ve içindeki elifba cüzüyle kursa gidip hocanın karşısına oturur, Arapça harfleri ezberlerdim.

Amasya'daki güzel sinema salonunda sürekli bir savcı locası vardı. O loca babam için her zaman boş tutulurdu. Ben günün herhangi bir saatinde, sinemaya girip o locaya oturabiliyordum. Çocukluğumun en mutlu saatlerini geçirdiğim o loca, bana tarifsiz bir sinema sevgisi kazandırmıştı.

Özellikle yaz tatillerinde her filmi yedi-sekiz kez görüyordum. Bir ilkokul çocuğunun sinemada tek başına bir locada oturması inanılmaz bir durumdu. Zaten çocukluğumuzun her döneminde, bana ve kardeşlerime –ne yazık ki– farklı olduğumuz duygusu aşılanıyordu.

Bizim ailede her zaman bir "hukuk" efsanesi egemendi. Hâkim, savcı çocukları herkes gibi davranamazdı.

Daha dikkatli olmalıydık. Kutsal adalet mensuplarının ismini zedelememeliydik.

Daha önce de söylediğim gibi, kolejde diğer okullardan farklı giyinirdik; zaten beni en çok, siyah okul önlüğü ve beyaz yakadan kurtulmak sevindirmişti. O zamanlar çok şık bir cadde olan Kızılay'da yürürken formamızla müthiş övünüyorduk. Herkes bize sempatiyle bakıyordu. Büyük sinema pasajında Beyaz Rus madamların işlettiği pastanede kolej formasıyla oturmak büyük bir zevkti, ama bunu yapmak için çoğu zaman yeterli harçlığım olmazdı. Bir memur ailesinin, çocuğunu iyi bir okulda okutmak için katlandığı sıkıntıları sonradan öğrenecektim. O dönemde çocuklarını koleje gönderen aileler gibi değildik.

Okuldan eve geldiğimde kolej yaşamıyla hiç bağdaşmayan bir eğitim bekliyordu beni: Dedem emekli olduktan sonra kendini iyice dine vermişti. Bana duaları, ayetleri ezberletiyordu. Bu zorlamaya karşı olan ve yorulduğumu düşünen babaannem de inadına radyoyu açıyordu.

O sıralarda iyice ünlenmiş olan Zeki Müren "Asmalar da Kol Uzatmış Dallere"yi söylerken, ben yüksek sesle "ebabile termihin, bi hicaretin min sicciyl" diye dualar ezberliyordum.

Kulağım radyoya gittiği zaman dedem bütün çocukları korkutan o asık yüz ifadesini takınır ve "Postal teki geliyor ha!" diye terliğine davranırdı. O dönemde öyle çok dua ve din kuralı öğrendim ki, şaşırtıcıdır.

Savcı çocuğu olarak din eğitimi görmek, Kuran kursuna gitmek, koleje yazılmak ya da Atatürk'ü çok sevip saydığı halde dini görevlerini ihmal etmeyen inançlı, tamamen Türk geleneklerine göre yaşayan bir aile içinde olmak benim açımdan hiçbir çelişki oluşturmuyordu. 1900 doğumlu babaannemin çoğu zaman başının açık oluşu, beni elimden tutup Ramazan akşamları teravih namazında kadınlar bölümüne götürmesini engellemiyordu, camiye giderken başörtü takıyordu elbette.

Amasya'da kardeşim Ferhat doğduğu zaman, kesilen göbeğini Beyazıt Camii'ne götürmem için bana vermişlerdi, ben de götürüp caminin duvarındaki bir oyuğa yerleştirmiştim. Gerçi Ferhat imam değil, müzisyen oldu, bu da başka bir hikâye.

Benim yetiştiğim yıllarda halkın tümünü birbirine bağlayan bir ortak alan vardı. Bu alanın içine Hz. Muhammed de giriyordu, Mustafa Kemal de. Peygamber manevi dünyanın sultanıydı, Mustafa Kemal ise bir "vatan kurtarıcı." Bu konular tartışılmazdı bile. Kimse birbirini "dindar", "dinsiz" diye ayırmıyordu. Bu ayrımı hâlâ da kabul etmem.

Babam ve amcalarım dedemin yanında sigara içmez, ayak ayak üstüne atmazlardı. Ağzına içki koymayan dedemin yanında içki içmeleri ise mümkün değildi. Bu yüzden iki amcam orta yaşı geçmiş birer hâkim olup, babam mesleğinin en tepesine tırmandığında bile dedemden gizli rakı içmek için bazı yöntemler geliştirmişlerdi.

Bahçelievler'deki evimizde sofra hazırlanırken, üç kardeş arada bir mutfağa gider, orada kapaklı bir beyaz dolabın içine sakladıkları rakıdan kaçak yudumlar alır, sonra yine salonda oturup yemeği beklemekte olan dedemin yanına dönerlerdi.

Koskoca adamların bu davranışında hem komik, hem de hüzünlü bir yan vardı.

Özellikle o dolabı seçmişlerdi, çünkü dedem kazara mutfağa gelecek olursa, kapakları hemen kapatıp rakıyı saklayabileceklerdi.

Dedemin bütün bunlardan hiç haberi olmadığını sanıyorduk ama bir gün çok acıkmış ve yemeğin gecikmesine sinirlenmiş olmalı ki, bana Harput şivesiyle, "Zülfü," dedi, "biliiim, mutfakta işret ediiler. Çabuk gelsinler buraya." İşret kelimesinin içkili âlemler için kullanıldığını biliyordum ve dedeme göre dolabın içine sakladığı rakıdan kaçak iki yudum alan oğulları, "işret" etmekteydiler. Mutfağa gidip bunu söylediğimde, üç oğul da paniğe kapıldı, hemen rakıları döküp ağızlarını yıkayarak uslu uslu sofrada yerlerini aldılar. Babalarının yüzüne hiç bakamıyorlardı.

Dedemin bir özelliği de radyodan mevlit yayınlarının yapıldığı kandil gecelerinde en ufak bir fısıltıya, hatta neredeyse nefes almaya bile izin vermemesiydi. Çoluk çocuk hepimiz radyo başına dizilir, hafızları, mevlithanları dinlerdik. Bu mevlithanların kendilerini müthiş sıkarak aniden çok tiz notalardan haykırmaları biz çocuklarda aşırı bir gülme isteği uyandırırdı. Baskılı hava ve mutlak sessizlik ise bu isteği kamçılar ve gülme gereksinimi âdeta engel olamayacağımız bir isteri krizine dönüşürdü. Bunun üzerine birer ikişer kaçardık salondan. Odada istediğimiz kadar güler, o tiz sesleri çıkarmaya çalışırdık. Bunun ödülü ise dedemin bizi birkaç gün kötü kötü süzmesi olurdu.

Madem dede bahsini bu kadar uzattım; bu sevgili, dürüst adamın teknoloji karşısındaki şaşkınlığını da ekleyeyim, olup bitsin.

Yıllar sonra 1970'lerde, kızım Aylin İstanbul'da ilkokula başlayacaktı. O zamanlar yeni çıkmış ve Almanya'dan gelmiş tuşlu, ses kaydeden kasetli aletlerden bir tane almıştım. Ankara'ya gittiğimde bu aletin mikrofonunu herkese uzattım; babam ve bütün aile eşim Ülker'e selam söylediler, kızım Aylin'e de yeni başladığı öğrenim hayatında başarılar dilediler.

Dedem sırtında hırkası, başında takkesi, elinde tespihiyle hiç ses çıkarmadan oturuyordu. En son ona gittim, mikrofonu uzattım ve "Dede, sen de bir şeyler söyle," dedim.

Mikrofonu eline aldı, ötekilerin yaptığı gibi ağzına doğru götürdü ve "Ülker Hanım," dedi, sonra bir kez daha tekrarladı bunu. Biraz daha bekledi ve yine

"Ülker Hanım," dedi. "Nasılsın, eyisin?" Biraz daha bekledi ve sonra hepimizi şaşırtan bir şey yaparak mikrofonu aletle birlikte yere savurdu. "Cevap vermiyi ki, ne konuşam!"

Belli ki koca dede, hiç görmediği teybi telefonla karıştırıyordu. Televizyon öncesi çağda çocuklar aile büyüklerinin yaptığı hatalara çok güldüğü için, biz de bu durumu yıllarca bir eğlence malzemesi olarak kullandık.

Şimdi aynı durum akıllı telefonlar, 3D yazıcılar ve yapay zekâlarla yaşanıyor. Dedem kurban bayramlarında yanına beni de alarak Samanpazarı'na gider, oradaki sürüler içinden eliyle yoklaya yoklaya irice bir koç seçerdi. Bunu bir hamalın sırtına verirdi ve hep birlikte yine yürüyerek eve dönerdik ama kurban kesilişini hiç görmedim.

Çok dindar olduğu halde yobazlara kızıyordu: Evin içinde dolaşır ve görünmez düşmanlara karşı "Ticaniler (gericiler)! Sizi ticaniler!" diye söylenirdi. Bir de haber bültenini dinlerken "İsmet! İsmet!" diye söylendiğini hatırlıyorum. İsmet İnönü'yle hiç arası yoktu. Bu da koyu CHP'li olan babaannemle bitmek tükenmek bilmeyen siyasi kavgalarının başlıca nedeniydi.

Dedemin radyoyla kavga etme alışkanlığı bana da geçmiş olmalı ki, ben de büyüdüğüm zaman televizyon ekranından gözümüzün içine baka baka yalan söyleyen siyasetçilerle kavga ederken buluyordum kendimi. Tek fark dönemdeydi: O Philips radyoyla kavga ediyordu, ben Sony televizyonla. O kendi döneminin siyasetçileriyle, ben kendiminkilerle...

Çok Uzak

Bu bulanık anıyı anlatmak isterdim
Ama silinmiş nerdeyse bir şey kalmamış
Çok eskiden çok, ta gençlik yıllarımdan
Bu bulanık anıyı anlatmak isterdim

Bir giysiydi sanki yaseminler
Ağustostaydı ağustosta bir akşam
Gözlerini hatırlıyorum biraz sanırım maviydiler
Ah evet maviydiler mavi gökyakuttan

*Konstantin Kavafis**

---

* *Bu Kenttir Gidip Gideceğin Yer* kitabından, Çeviri: Erdal Alova, Barış Pirhasan, Can Yayınları, 2010.

Gizli Kitap Tapınağım

Çocukluk yıllarımda oyuncaklarım olmuştur kuşkusuz ama ben bunların hiçbirini hatırlamıyorum. Oyuncaklarla pek aram yoktu herhalde. Buna karşılık Amasya'da ilkokulda üç dergiye abone olmuştum: *Çocuk Yuvası, Pekos Bill* ve *Köroğlu*. O günlerde adıma üç derginin gelmesi inanılmaz heyecan verici bir duyguydu. Dergi sayfalarına gömülüyor, müthiş bir zevk denizinde inanılmaz saatler geçiriyordum. Okuduğum dergilerin renkli dünyasından başım dönüyordu. Bir de eve gelen *Yeni Sabah* gazetesinde çizgi roman kahramanı, bir nevi şövalye olan Sadık Demir'in maceralarına meraklıydım.

Daha sonra bir gün *Robinson Crusoe* hediye edildi. Robinson ve Cuma'nın maceralarını okurken kendimden geçiyordum. Bu zevk, hiçbir şeyle ölçülemezdi. Sünnet düğününde yastığımın başına yığılan kol saatleri ve cumhuriyet altınları arasında üç tane de kitap vardı: Sait Faik adlı tanımadığım biri yazmıştı kitapları. Yaşıma göre ağır kitaplardı ama bugün Sait Faik'ten aldığım o buruk, bohem ve dalgacı tadı, o dönemde okumaya çalıştığım bir ya da iki sayfada sezinlediğimi hatırlıyorum.

Yıllar sonra Ankara'da ortaokula giderken, kitap tutkusu aşırı bir hal almıştı. Elime ne geçerse okuyordum ama beni en çok etkileyen yazarlar Hemingway, Jack London, John Steinbeck gibi Amerikan romancılarıydı. Bahçelievler'deki evimizde odamın duvarları Ernest Hemingway'in resimleriyle kaplıydı. Onun yalın dili beni daha ilk cümlede yakalayıp yarattığı evrene savuruyordu.

Her cumartesi Amerikan kitaplığına gidiyor, yeni çıkan dergilerde Hemingway'le ilgili ne varsa gizlice keserek eve getiriyor, dosyalıyordum. Çalışma masamın üstünde Hemingway'in kitaplarının İngilizce ve Türkçe baskıları duruyordu. Kardeşi Leicester Hemingway'inki de dahil olmak üzere, onun hakkında yazılmış her biyografi kitabını satır satır okumuştum.

Hemingway bana bir özgürlük duygusu ve ilham veriyordu. Bir adam düşünün ki, hem gazeteci hem yazar, hem balıkçı hem ambulans şoförü hem de asker olsun. Binlerce sayfa yazmış, dünyayı gezmiş, savaşlar ve çılgın eğlenceler görmüş, yüzlerce kez ölümden dönmüş. Önümdeki uçsuz bucaksız ömrü onun gibi yaşamak istediğimi hissediyordum. Normal ve herkesinkine benzeyen bir yaşam sürmeyecektim, adım gibi biliyordum bunu.

Şimdi bu satırları yazarken, genç Zülfü'ye "İyi ki kendine bir idol seçmiş ve tüm hayatını, yaratılarını öğrenmişsin," diyorum. Çünkü Hemingway hayranlığı bana eşsiz bir güç ve yol haritası vermişti. Tıpkı onun gibi, yaşamın bana sunabileceği her şeyi büyük riskler alarak denedim, herkesle tanıştım, her yere gittim. Çevremin ne dediğine çok da kulak asmadım.

Hemingway tutkusu, beni birtakım çılgın deneylere sürükledi. Yalnız daha önce Bahçelievler 35. Sokak'taki evde kurduğum gizli kitap tapınağını anlatmam gerekiyor.

Önceleri bu kadar kitap okumama sevinen ailem, iş çığırından çıkınca üzülmeye başlamıştı. Bir gün annemin bir kitabımı yırttığını bile hatırlarım. Okuldaki dersler tehlikeye giriyordu, sabahları kalkamıyordum. Benim için gerçek yaşam geceleri, kitapların başında geçiyordu. Arkadaşlarımın çoğu kahvehanelere gidip tavla ve kâğıt oyunları oynuyordu. Ben hiç kahvehaneye girmemiştim; tavla, bilardo ve kâğıt oyunları öğrenmemiştim.

Sonunda babam, gece kitap okumamı yasaklamak zorunda kaldı. Herkes yattıktan sonra arada bir odamın önüne geliyor, kapıdaki buzlu camdan ışığın yanıp yanmadığını kontrol ediyordu. Eğer ışık yanıyorsa kapıyı açıp derhal uyumamı söylüyor, oda karanlıksa sessizce dönüp gidiyordu.

Birkaç gece kitap okuyamadım, yatakta dönüp durdum. Sonra buldum çaresini. Yattığım somyanın kenarlarını, yere kadar sarkan yatak örtüsüyle sıkıca örttüm. Somyanın altındaki taş zemine bir battaniye yaydım. Prize taktığım küçük bir lamba içeriyi müthiş aydınlatıyordu. Birkaç kez dışardan kontrol ettim, hiç ışık sızmıyordu. O günden sonra benim için olağanüstü zevkli geceler başlamıştı. Gizli bölmemde başucuma kitapları yığıyor, mutfaktan doldurduğum meyve tabağını da alıyor, sabaha kadar cennette dolaşıyordum. Bu arada babam ve annem de arada bir kapının önünden geçiyor ve benim nihayet bu aşırı kitap tutkusundan kurtulmuş olarak, mışıl mışıl uyuduğumu düşünüyorlardı.

Bu yoğun okuma dönemi, küçük yaşta giriştiğim birkaç yaratıyla taçlandı: Hemingway'in *Çanlar Kimin İçin Çalıyor* romanını radyodaki "Arkası Yarın" programına uyarladım ve bunun diyalog yazmama çok faydası oldu.

Hemingway'in etkisi altında, Amarillo adlı düş ürünü bir boğa güreşçisinin hayatını anlatan bir roman yazdım. Herhalde berbat bir şeydi ama ne de olsa 15 yaşında haddini bilmeyen bir çocuk olarak ilk kitabımı yazmıştım.

Kitapların beni istediğim zamanlara ve yerlere anında götürebilme gücü her ne kadar başımı döndürse de, belki ailemin etkisiyle çevremde olan bitenlere karşı da yavaş yavaş büyüyen bir ilgim vardı. *Milliyet* gazetesinin açtığı bir yarışma için, birçok çocuk ıslahevini gezerek "Suçlu Çocuklar" başlıklı bir inceleme hazırlamıştım.

Yaşıtım gençlerin ne suçlar işlediklerini daha doğrusu fakirlik, eğitimsizlik ve sevgisizlikle nasıl yanlışlara itildiklerini öğrendikçe, bu haksızlıklara karşı gelmek için neler yapılabileceğini, henüz o yıllardaki çocuk aklımla düşünmeye başlamıştım.

Bu incelemeden yıllar sonra... 2006 yılında bağımsız milletvekili olarak Türkiye gençliğinin korunması amacıyla gençler arasında artan şiddet ve fanatizmin sebeplerinin araştırılması için TBMM'de bir araştırma komisyonu kurulmasını sağladım.

Hayalleriniz, onları unutmazsanız mutlaka bir gün gerçekleşir.

Ortaokul yıllarımda, tıpkı Hemingway gibi bana kelimeleriyle yol gösteren biri daha girecekti hayatıma ve onu da hiç unutmayacak, unutturmayacaktım.

1960'lara kadar ülkede okunması yasak olan Nâzım Hikmet'in *Kurtuluş Savaşı Destanı*, bir gün cesur bir adımla yayımlandı. Türkiye'ye yıldırım düşmüş gibiydi. Yıllardan beri, adını fısıltıyla duyduğumuz bu şair, Türk toplumunun en büyük tabusuydu. Bugün kavranılması zor bir biçimde, herhangi bir kitabının yayımlanmasına imkânsız gözüyle bakılırdı. Büyük boy, birinci hamur, siyah kapağında kırmızı desen bulunan bir kitaptı. Kitapçı dükkânında kuyruğa girmiş olanlar, kitaptan üçer beşer alıyordu. Üç tane de ben aldım. Türkçenin en kudretli kullanımının yarattığı o görkemli rüzgâr alıp uçurdu beni. Nâzım Hikmet bizim kelimelerimizi kullanıyordu ama onlardan bambaşka görkemli bir dil yaratmıştı. Yıllar sonra bestelediğim dizelerini binlerce kişi tek yürek olup söyleyecektik.

Karlı kayın ormanında
Yürüyorum geceleyin
Efkârlıyım efkârlıyım
Elini ver nerde elin

Kızılay'da Kocabeyoğlu Pasajı'nın altı, eski kitapçılarla doluydu. Neler bulunmazdı ki orada: sararmış kapaklarıyla yıllanmış Milli Eğitim Bakanlığı çevirileri, her tür dergi, eski *Playboy* sayıları, Varlık Yayınları'nın sarı kapaklı baskılarından fırlayıp her akşam bana arkadaşlık eden kahramanılarım:

Fransız oyun yazarı ve şair Rostand'ın *Cyrano de*

Bergerac'ı; benim bütün ahlaksızlarla savaşabilecek kadar cesur ama çirkin yüzü nedeniyle aşkını itiraf edemeyecek kadar korkak şövalyem...

Maurice Leblanc'ın *Arsene Lupin'i;* gelmiş geçmiş, en zeki, centilmen hırsız...

Zenginden alıp fakire veren *Robin Hood.*

Norveçli yazar Ibsen'in *Peer Gynt*'ü; ne olursa olsun "kendi olmaya" takmış ben için ne bulunmaz bir dosttu.

Ve tabii, bizim kuşağımızın kahramanları, "Avenger"ları Michel Zévaco'nun *Buridan* ve *Pardayanlar*'ı; Fransa kralına bile karşı çıkacak kadar korkusuz, cesur, sadık adamlar...

Onların bana öğrettiği kahramanlık ve onur kavramı beni derinden etkiliyordu. Bunun yararını da gördüm:

Kendimi bildim bileli kulağımın arkasında bir kist vardı. Tek kulağımı öne eğen, bütün çocukluk resimlerimde belirgin olan bu büyük kistin alınması gerekiyordu. Bayıltmadan, elli dakika süren bir ameliyatla kisti kazıdılar. Kulak dibimde yapıldığı için bıçakla kazıma seslerini, ürkütücü bir volümde duyuyordum. Sanki hoparlörden ameliyat yayını yapılıyordu ama ben ameliyat sırasında çok rahattım. Çünkü iki gün önce okuduğum kitapta cesur şövalye Pardayan, kılıç yarasının acısına hiç aldırmıyordu. O bütün acılara nasıl kahramanca göğüs germişse, ben de dayanacak ve sesimi çıkarmayacaktım. Ameliyat sonunda doktor hayretle yüzüme baktı ve "Bravo oğlum!" dedi. "Ne cesur çocukmuşsun!" Kitaplar yoluyla uygulanan anesteziden haberi yoktu.

Hemingway'in bütün kitaplarını ezbere bilirdim ama *İhtiyar Adam ve Deniz*'in yeri başkaydı. Talihsiz bir hastalığa yakalanmışçasına, o dev kılıçbalığını yakalamaya çalışan ihtiyarı tanıyormuş gibiydim. Karayip Denizi'nin tuzunu cildimde duyuyordum. Ringa balığının ekşi lezzeti dilimi buruyordu.

Tıpkı onun gibi belki bin kere balığı kaçırdım ama bin birinci kez oltayı denize atmaya hazırdım.

44 yaşında Karayip Denizi'ni ilk kez gördüğümde tanıyormuş gibiydim. Sanki çocukluğumun denizlerinden biriydi.

Hemingway'in büyülü dünyası ile Ankara'daki tekdüze yaşamım arasında büyük bir uçurum vardı. Günlerim, okul ile ev arasında sıkıcı ve anlamsız geçiyordu. Okuldan çok sıkılıyordum.

Beni kesin bir biçimde etkisi altına alan kitaplar, birçok sanatçı ve düşünürün, kendi eğitim çizgisini okul dışında çizmeye çalıştığını anlatıyordu.

Jack London kendi kendini yetiştirmiş bir gemiciydi. Bu serüveni anlattığı *Martin Eden* adlı romanı başucu kitaplarımdan biriydi.

Hemingway okulu bırakmış, genç yaşta *Toronto Star* gazetesi adına Avrupa'ya gitmişti.

Hatta İngiliz dilinin en büyük yazarı Faulkner, İngilizce dersinde başarısız olmuş ve okuldan kovulmamış mıydı? Yıllarca okumuş olmama rağmen benim öğrenim çizgim pek alışılan yolları izlemedi. Bilinçli bir seçimdi bu.

Stefan Zweig da klasik öğrenimi reddetmişti.

Büyük filozof Erasmus, "Gerçek bilgi okuldan değil, kitaptan edinilir," diyordu.

Albert Camus, André Malraux gibi filozof yazarlar; Yves Montand, Jacques Brel gibi kültürlü müzikçiler okulu reddetmişlerdi.

Babamın koleje göndermesiyle başlayan dil öğrenme tutkusunu da katarsanız, birçok alanda müthiş bir okuma susuzluğu ve bilgi açlığı içindeydim. Yıllarım, gece gündüz okumak ve öğrenmekle geçiyordu. Her gün bir şeyler öğrenmeyi ilke edinmiştim. Ortaokul ve lise döneminde Ankara'daki kitaplıklardan çıkmaz, tatil günlerimi bile kitaplar arasına gömülerek geçirirdim. Bizim dönemimizde yabancı dilde kitap okuyanlara pek sık rastlanmazdı.

Okuldaki eğitim gitgide daha yavaş, sıradan ve gereksiz gelmeye başladı. Bu yüzden okulu hep zorunlu bir formalite olarak gördüm. Gerçek kültür ortamı ve bilgi okul dışındaydı. Değişik diller öğrenmek istiyordum, okul bunu vermiyordu. Okul, Türkiye'deki diploma koşullanması içinde, geçilmesi gereken bir köprü olarak algılanıyordu.

Bana kalsa ömrüm boyunca bir arı gibi bilgi çiçeklerini gezer, bal toplardım ama Stockholm'deki üniversite burslarının çekiciliği (daha doğrusu, bu gelire muhtaç oluşumuz) beni burada okumaya teşvik etti. Bu durum yine de felsefe ve müzik okuma isteği sonucunda, iki ayrı okulda kendi eğitim programımı oluşturmamı engellemedi. Belki de bu eğilim, kitapların çocukların aklını nasıl karıştırdığına, onları nasıl kötü (!) yola yönlendirdiğine bir örnek olarak verilebilir ama ben hâlâ aynı düşüncede ısrar ediyorum. Okullardaki tek boyutlu insan yetiştirme programı, hayatı anlamayan, değişik disiplinleri kavramadan, vida gibi hep aynı noktada dönüp duran bireyler yaratıyor. Okul eğitimini, değerli kitaplar okuyarak tamamlamak gerekiyor.

Bu etkilerle dolu olan kafam lisedeki eğitimi müthiş küçümsüyor, öğretmenlere küstahlıklar yapmama neden oluyordu. Çocuk zalimliği içinde onları zor duruma düşürecek sorular hazırlıyordum. Bir gün Balzac'ın bir sorusunu okudum ve sınıfta hocaya sordum:

"Newton'a göre bir madde, başka bir maddenin çarpmasıyla harekete geçer ve başka bir madde tarafından durdurulur. Ben şu anda kolumu kaldırıyorum, hangi maddenin çarpmasıyla bu hareket oluşuyor? Kolum kendiliğinden hareket ettiğine göre Newton yasası yanlış mıdır?"

Tabii sorunun Balzac'a ait olduğunu söylememiştim. Tam da Newton'ı okutmakta olan öğretmen şaşaladı, "Ama ruh diye bir şey var," diye mırıldandı.

"O zaman Newton yasaları doğru değil mi diyorsunuz hocam?" diye üstüne gittim.

Fransız düşüncesinin en büyük dehası olan Balzac'ın zekâsıyla çarpıştığını bilmeyen zavallı öğretmenim soruma bir cevap bulamadığından sinirlenip, söylene söylene sınıfı terk etti.

Kendimce derste büyük bir zafer kazanmıştım. Yine de böyle zaferler beni doyurmuyor ve gerekli serüven duygusunu yaratmıyordu. Daha büyük ve delice bir işe kalkışmalıydım. Gençliğimin rüzgârları esmeye başlıyordu.

Genç Olmak

Sisli bir kent, puslu akşam
Camlarına yaslanmada
Odada sen bir başına
Kaygılarla kuşatmada

Söyle canım, söyle bana
Anlat nedir genç olmak

Her akşam bu yalnızlıkta
Öksüz bir kuş havalanır
Kanat çırpar karanlıkta
İnsanlardan yaralanır

Söyle canım, söyle bana
Anlat nedir genç olmak

Paylaşma bu yalnızlığı
Düşlerinin hızı ile
Türkülere dök içini
Öyle bin bir sızı ile

Söyle canım, söyle bana
Anlat nedir genç olmak

Zülfü Livaneli

İlk Büyük Serüven

Okul dönemi sona ererken zayıf dersler ve kırıklar insanın göğsünün üstüne, yüreğini daraltan bir dağ gibi oturur. Onca sıkıntı ve üzüntüden sonra, yaz başlangıcında hiçbir şey yapmadan beklersiniz. Günler, birbiri ardına dizilmiş tespih taneleri gibi tekdüze ve sıkıcıdır, ne yapacağınızı bilemezsiniz.

Havada, insanın kanını kaynatan bir bahar kokusu sezilir. Sokaklardaki akasya ağaçlarının baygın kokusu, delikanlı gecelerinize damgasını vurur. Doğa bütün coşkusuyla tomurcukları patlatan özsuları fışkırtırken, size, odanızda oturup kitap okumak, pencerenizden içeri süzülen karasinekleri izlemek kalır. Hele benim gibi yedi dersten bütünlemeye kalmışsanız, yaşam içinden çıkılmaz bir sorun yumağına dönüşür.

Karneyi alıp da o yedi kırığı görünce, hiç yapmadığım bir işi yaptım; hayatımda ilk kez maça gittim. Bir tepki miydi, kaçış mıydı, bilemiyorum. 19 Mayıs Stadyumu'nda Ankaragücü'nün Amerigo diye bir takımla maçı vardı. Maç başladı ve yabancı futbolcular Ankaragücü'yle kedinin fareyle oynaması gibi oynamaya koyuldular. Maçın skoru 7-0'dı.

O uğursuz yedi sayısının tekrar karşıma çıkmasında, rastlantıdan öte bir anlam olmalı diye düşündüm. Eve geldim, birkaç parça eşya ve bir iki kitap aldım yanıma. Harçlığımdan biriktirdiğim çok az parayı da cebime koyup dışarı çıktım. Otobüs garajına gittiğimde hava kararmak üzereydi. İstanbul'a giden Gazanfer Bilge otobüsünün en arka sırasında yer buldum.

Bir arkadaşımdan, Kocaeli'deki Eskihisar ve Darıca diye iki kıyı kasabasının övgüsünü dinlemiştim. Oralarda denizin tuzuyla yıkanan doğanın içindeki yaşam beni çok çekiyordu.

Özellikle *İhtiyar Adam ve Deniz*'den sonra, balıktan, denizden ve maceradan başka bir şey düşünemez olmuştum. Belki de Hemingway'in "Gençliğin hatası, bilginin deneyimin yerine geçeceğine inanmaktır, yaşlıların hatası ise deneyimin bilginin yerine geçeceğine inanmaktır," lafına takmıştım da, ne gençliğin ne yaşlılığın hatasına düşmek istiyor; bilmek, görmek, denemek, tatmak, duymak, koklamak aşkıyla tutuşuyordum.

Aklını kitaplarla bozup yollara düşen Mancha'lı ihtiyar Don Kişot'tum sanki. Karşısına çıkan yel değirmenlerini düşman sanıp savaşan Don Kişot gibi bir roman kahramanı olup kafamdaki kitapların içinde gezmek istiyordum belki de. Bundan sonra çıkacağım zorunlu yolculuğun sonunda da, 1978 yılında, ilk kitabımı yazacaktım.

Sabaha karşı Ankara-İstanbul karayolu üzerinde bir benzincide indim otobüsten. Karanlıktı, benzin istasyonu ve iki yolüstü kahvesi dışında hiçbir şey görünmüyordu. O kahvelerden birine girdim. Şoförler ve kahvede bulunan sabahçılar arasında çay içtim. Bir yandan da ben yaşlardaki sarışın garsona Eskihisar'ı soruyordum. Garson çocuk, kahvenin arka tarafını işaret etti; oradan aşağı, denize inen bir orman yolu varmış, beş kilometrelik bir yolmuş bu.

"Birazdan orman bekçileri gelir," dedi. "Ben seni onlarla gönderirim."

Şafak sökerken iki orman bekçisi geldi, çaylarını içtikten sonra Eskihisar'a doğru yola koyulduk. İlk anda, tanımadığım bu adamlarla, bir ormanın içinde yürüyor olmak beni ürkütse de, üç beş adım sonra, çam ağaçlarının mis gibi kokusu ve bekçilerin aralarındaki sakin sohbetleri beni yatıştırdı. Arada sırada bana da bir şeyler soruyorlar, ben de onları, kamp yapmaya çıkmış bir öğrenci olduğumu söyleyerek yanıtlıyordum.

Aklı kitaplarla karışmış kaçak bir çocuk olduğumu söyleyecek halim yoktu ya!

Zorlu bir yürüyüşten sonra Anibal'in mezarının olduğu yerlere, Eskihisar adlı küçük balıkçı kasabasına ulaştık. Hakkında onca şey okuduğum Anibal'e böylesine yakın olmak müthiş heyecanlandırmıştı beni. Yine kahramanlarımdan biri yanımdaydı ve bana güç veriyordu, ne de olsa MÖ 200'lerde yaşamış Kartacalı politikacı ve general, tüm zamanların en büyük askeri dehalarından biriydi.

Eskihisar, Karayip Denizi'ndeki o ünlü balıkçı köyünü andırıyordu. Mutluluktan ağlamak üzereydim, Hemingway'in romanının içine girmiştim, ömrüm boyunca yaşayacağım yeri bulmuş gibiydim.

Hatta bekçiler karşımıza çıkan beyaz ahşap evin *Kaplumbağa Terbiyecisi*'nin ressamı Osman Hamdi Bey'e ait olduğunu söylediklerinde, iyice keyiflendim; Osmanlı'nın en ünlü ressamı bile yaşamak için burayı seçtiğine göre, hayatım için en doğru kararı verdiğime artık tamamen emindim.

Girişteki büyük çınarın altında çok hoş bir kahve vardı. Orman bekçileriyle birlikte ilk mekânımız orası oldu. Yol boyunca sohbet ede ede geldiğimiz orman bekçileri beni kahvenin sahibi Hasan'a tanıttılar:

"Ankara'dan gelen bir öğrenci. Tatile çıkmış, kalacak yer arıyor."

O andan itibaren, birçok kez hayatımı kurtaracak olan Anadolu insanının yardım geleneği işlemeye başladı. Tanrı misafiri olduğum için herkes bana yardım etmeye çalışıyordu. Ne de olsa gariptim. Hasan bir yerlere haber gönderdi, sonra tepede ihtiyar bir kadının evinde kalabileceğimi söyledi. Evi de uzaktan gösterdiler. Kasabanın diğer evlerinden apayrı bir yerde, tepede tek başına duran köhne, ahşap bir yapıydı.

Hemen kendimi kumsala attım, ıssız bir yere çekilip akşama kadar Hemingway okuyup denizin, özgürlüğün tadını çıkardım. Akşam Hasan'ın kahvesinde çıtır çıtır kızartılan taze balıkları yerken, omuzlarım ve sırtım müthiş yanıyordu ama keyfim yerindeydi.

Gecenin bir vaktinde kalacağım eve doğru yola çıktım. Tepeyi tırmanmaya başladım. Evler bitti. Ay ışığında iyice ürkütücü görünen kara, ahşap eve doğru yürürken birden mezarlığın içine düştüm. Bir macera filminden korku filmine geçmiş gibi hissediyordum.

Garip bir ürpertiyle ahşap eve vardım. Kapı açıktı, itip içeri girdim. Evde çıt yoktu. Ayaklarımın altında gıcırdayan tahta döşemede yürüyerek kimse olup olmadığını sordum. Arka odalardan bir inilti geldi, oraya doğru yürüdüm.

Bir odadan içeri girince, pencereden vuran ay ışığında çok garip görünen yaşlı bir kadınla karşılaştım. Sonradan yatalak olduğunu öğrendiğim kadın hiçbir şey söylemeden bana bakıyor, arada inliyordu.

Oradan üst kata çıktım, ilk bulduğum yatağa attım kendimi; sabaha kadar karabasanlarla, garip düşlerle bölünen tedirgin bir uykuya gömüldüm.

Sabahın ilk ışıklarıyla birlikte evden çıkıp gittim; Hasan'a o evde kalamayacağımı söyledim. Bir yandan da çalışmak, balıkçılık öğrenmek istiyordum. Hasan bir balıkçıyla konuştu, bana iş buldu. Çavuş diye anılan usta balıkçının teknesinde ağları toplayacak, tekneyi temizleyecek, balıkta ona yardım edecektim.

Büyük bir sevinçle işe başladım, sonra Çavuş'tan teknede yatmak için izin aldım. Şimdi bile çok dost ve yardımsever bir abi olarak andığım bu usta balıkçı bana çok yardım etti.

Yıllar sonra İsveç'te yaşamak zorunda olduğum zamanlarda da bir başka yardımsever usta teknesinde yaşamama izin verecekti. Bu kez tekne, ünlü *Akdeniz* heykelinin yaratıcısı İlhan Koman'a ait olacaktı.

Sabahın köründe denize açılıyor, parakete ve ağları çekiyorduk. Çavuş bana balık yataklarını, ağ çekmeyi, ağ sermeyi, tanımadığım deniz yaratıklarını öğretiyor, kimi zaman da deniz dibinde zıpkınla balık vurmayı gösteriyordu.

Denizden çektiğimiz ağları temizleyip işe yarayanları tekneye, yaramayanları denize atmayı öğretirken hep başımda duruyordu. Bir gün ağda gri, kalkana benzeyen, garip bir yaratık belirdi. Tutacak yeri yok gibiydi, yalnız bir delik görünüyordu. Tam elimi o deliğe atıyordum ki, Çavuş telaşla elimi yakaladı. O deliğe parmağımı sokarsam, balık elimi koparırmış.

Geceleri teknede, açık havada yatıyor; yıldızları seyrederek denize, tuza, yakamoza bulanmış maceramın tadını çıkarıyordum. Ömrüm boyunca Eskihisar'da kalmaya, balıkçılık yapmaya ve kitap yazmaya karar vermiştim. Başka bir yaşam istemiyordum. Beni üzen tek şey, aileme yaptığım kötülüktü. O yaşlarda serüven tutkusuyla çok fazla farkına varamadığım bu kötülük, az da olsa içimi sıkıyor, suçluluk duygusuyla kıvranmama neden oluyordu.

İki ay sonra Ankara'ya gitmeye ve ailemle konuşup her şeyi anlatmaya karar verdim. Sonradan bu iki ay içinde deliye döndüklerini ve her yerde beni aradıklarını öğrenecektim.

Orman yollarından yürüyerek karayoluna çıktım. Benzincide durup benzin alan otomobillerden birine yaklaşarak öğrenci olduğumu, Ankara'ya gitmem gerektiğini söyledim, beni araçlarına aldılar. Böylece Ankara'ya doğru yola çıktık. Otomobili, Koparal adlı bir pilot kullanıyordu. Arkada da annesi oturuyordu.

Ankara'da aradığım bir arkadaşla Büyük Sinema önünde buluşmayı kararlaştırdık. Orada kalabalık arasında beklerken birden Gökhan Amcamı gördüm. Arkadaşımın beni ele verdiğini anladım, koşmaya başladım. Amcam da arkamdan koştu, Sıhhiye'de yakaladı beni.

Eve gittik. Salona girdiğimizde annem, babam ve üç kardeşim sofra başında oturuyordu. Yemeğe başlamak üzerelerdi.

Babam göz ucuyla bana baktı, anneme dönerek, "Şükriye, bir tabak daha koy," dedi.

O yemek boyunca içine düştüğüm utancı, yerin dibine girme isteğimi anlatamam. Hepsi benden küçük olan Asım, Seyhan, Ferhat kaçak bakışlarla beni süzüyor ama konuşmaya cesaret edemiyorlardı. Yemek boyunca tek söz edilmedi ve aile beni sessizlikle ezerek cezalandırdı.

Sonra her şey normale döndü. Ben hızlı bir ders çalışma dönemine girdim, geceyi gündüze katarak sınıfı geçtim.

Böylece Eskihisar ve Anibal, gençlik düşlerimin en çılgın macerası olarak, beni geleceğimdeki yaratıcı rüzgârlara hazırlayarak görevini başarıyla yerine getirmiş oldu.

Duvarlar

Duvarları kuşatın da
Tutuklayın hepsini
Ne böyle gurbet olsun
Ne böyle ayrılıklar

Kaldırın duvarları
Yıkın gitsin hepsini
Ne böyle zulüm olsun
Ne de böyle şarkılar

Duvarları devirin de
Kül edin betonları
Ne böyle sınır olsun
Ne böyle düşmanlıklar

Kaldırın duvarları
Yıkın gitsin hepsini
Ne böyle zulüm olsun
Ne de böyle şarkılar

Zülfü Livaneli

Dünyanın Bütün Hasta Çocukları Birleşin

Adı Luis Megino'ydu. Dost bakışlı bir İspanyol film yapımcısıydı. Soruyu ilk kez o getirdi aklıma: "Çocukluğunuzda hiç sizi diğer çocuklardan ayrı bırakan bir hastalık ya da benzer bir şey geçirdiniz mi?"

Berlin'de, bir Norveç lokantasındaydık. Avrupa Film Ödülleri eleme jürisinin başkanlığını yapıyordum; masamızın çevresinde, Luis'ten başka Rus, Belçikalı, Alman, Fransız, İzlandalı ve Hollandalı jüri üyeleri oturuyordu. "Bir düşünün bakalım," dedi, "sebebini sonra açıklayacağım." Bir süre sonra itiraflar dökülmeye başladı. Senarist, film yönetmeni ve oyuncu olan jüri üyelerinin her biri, çocukluklarında ya büyük bir hastalık geçirmiş ya ameliyat olmuş ya da başka nedenlerden dolayı kendini diğer çocuklardan ayrı hissetmişti.

"İşte," dedi Luis, "yine yanılmadım. Bu soruyu yaklaşık 25 yıldır herkese soruyorum. Daha çocukluğunda böyle bir olay yaşamamış sanatçıya rastlamadım."

Luis'in bakış açısına göre normal bir çocukluk geçiremeyen, kendilerini diğer çocuklardan ayrı gören insanlarda, gerçek benlik ile ideal benlik arasında birtakım çatışmalar gelişiyordu. Bu iç çatışmalar, bir süre sonra onları sanat yapmaya itiyordu. Luis'in sorusu hepimizi çocukluk yıllarımıza götürmüş, eski anılarımızı avlar olmuştuk.

Hayatım boyunca, beni arkadaşlarımdan ayıran öyle çok şey olmuştu ki, bu soru sorulana kadar, bu durum bana doğal gelmişti. Hiçbir sporu ya da oyunu onlar gibi kendimi kaptırarak oynamamıştım. O delice coşkularına gıpta etmiştim her zaman ama becerememiştim. Çoğu zaman onları taklit ediyor, kısa cümlelerle, bıçkın ve aldırmaz tavırlarla konuşmak istiyordum ama üzerimden akıyordu. Uzun cümlelerle, ayrıntılar üzerinde durarak konuşma alışkanlığım vardı. Beceremediğim bir başka konu da argoydu. Doğru dürüst küfredemiyordum. Okul yıllarım boyunca çocuk itiş kakışları dışında hiç dövüşmemiştim. "Ayrı olma" durumu öylesine bildik bir duyguydu ki, üzerinde düşünmemiştim bile.

Luis'in sorusu üzerine çocukluğumda ne kadar çok ameliyat olduğumu hatırladım. Bu, sağlıksızlık doğumdan geliyordu herhalde. Çünkü 1 kilo 300 gram doğmuşum, üstelik boynuma kordon dolanmış. Doğduğum zaman nefes alamayan, minicik mosmor bir et parçasıymışım. Ebenin marifetiyle bir mucize eseri hayatta kaldıktan sonra, bu "mor doğum"un etkileri beni bir sürü ameliyata sürükleyecekti. Bir iki yılda bir oramdan buramdan ameliyat ederlerdi beni. Ne var ki sebep sadece "mor doğum" değildi, kendi başıma açtığım belalar da vardı.

Ankara Bahçelievler'de oturuyorduk. İki katlı bir evin üst katında kiracıydık. Babam adliye müfettişiydi ve çoğu zaman teftişte oluyor, eve iki ayda bir gelebiliyordu. Annem, üç küçük kardeşim ve yardımcımız Huriye Abla'yla birlikte zor bir hayat sürüyorduk. Annem ortaokul dönemi haylazlıklarımla başa çıkamıyor, beni eve kapatmak istiyordu. Yine de balkondan atlayıp kaçmanın yolunu buluyordum.

Bu kaçışlardan birinde arkadaşlarla buluştuk, o günlerdeki tehlikeli oyunumuza kaptırdık kendimizi. İki takıma ayrılıyorduk. Bir bahçede yaklaşık yüz metre arayla sipere giriyor, ellerimizdeki sapanlarla birbirimizi taş yağmuruna tutuyorduk. Gerçek bir savaştı bu. Yıldırım gibi gelen sapan taşları kafalarımızın üstünde uçuşuyor ve her seferinde bir ölümden ya da sakatlıktan son anda kurtuluyorduk. Benim şansım ötekiler kadar yolunda gitmedi ve bir anda ne olduğunu anlayamadığım bir patlamayla dünyam karardı. Sanki başımın içinde tonlarca dinamit infilak etmişti. Bayılmışım. Bir süre sonra kendime geldiğimi hatırlıyorum. Telaşlı sesler duyuyordum. Adım tekrarlanıyordu. Başım birinin kucağındaydı.

"Abi! Abi!" diyordu bir ses. Dehşet içindeydi. Asım'ın

sesi olduğunu fark ediyor ama onu göremiyordum, hiçbir şey göremiyordum. Kör olduğumu kavradım ve aklıma gelen ilk düşünce şu oldu: "Artık evlenemem." Neden böyle düşündüğümü bilmiyorum, o yaşta evlenmek üzerine kafa yormuyordum, hiç aklıma gelmiyordu ama nedense bulanık zihnimde ilk beliren düşünce buydu.

O zamanlar, Dostoyevski'nin, idam mangası karşısında kurşuna dizilmeden önceki son düşüncesinin, karşı damda duran garip görünümlü bir kuş olduğunu bilmiyordum. Okumamıştım henüz. Son anda çarın affıyla ölümden kurtulan Dostoyevski, bu ilginç psikolojik kaçışı anlatmıştı kitaplarında.

Ben de sapan taşıyla kör olmanın şoku içinde, ilerideki evliliğimi düşünen bir çocuk olarak yatıyordum öylece. Daha sonra evden yükselen çığlıklar, ambulans, hastane, göz ameliyatları birbirini izledi. Sol gözümün tam üstüne iri bir sapan taşı yemiştim. Gözüm akmamıştı ama iris parçalanmıştı. Ayrıca gözün dibinde, görme noktasında yaralar vardı.

Göz tamamen kanla dolduğu için hiçbir şey göremiyordum. Bir süre sonra sağ gözüm açıldı, dünyayı görmeye başladım. Evde yattığım dönemde, hiç sağa sola dönmemem gerekiyordu. Bu yüzden annem, babam ve babaannem sürekli nöbet tutuyorlardı başımda. Aylarca yattım, uzun süren ve can yakıcı göz tedavilerine katlanmak zorunda kaldım. Babam, memur maaşıyla beni dönemin en önemli doktorlarına götürdü. Böylece İstanbul'u ilk kez görmüş, daha doğrusu görememiş oldum. Bir yandan da Adalet Bakanlığı'nın yardımıyla Viyana'ya gitmeye hazırlanıyorduk.

O dönemlerde İstanbul'da çok ünlenmiş bir göz doktoru vardı. Randevu alabilmek için aylarca beklemek gerekiyor diye duymuştuk. İstanbul savcısı bize yardımcı oldu, doktoru görmeye gittik. Adı Emil Tahinci'ydi. Diğer göz doktorlarının tavsiye ettiği Avrupa'da tedavi fikrinin yanlış olduğunu söyledi bize. Göz dibindeki yaralar iyileşse bile iz kalacaktı ve o gözün bir daha tam olarak görmesi imkânsızdı. Bir gözüm gitmişti artık. Bu düşünceye kendimi alıştırmalıydım.

Yıllar sonra ikinci filmim olan *Sis*'te oynayan Oscarlı ünlü yönetmen Elia Kazan'la mavi yolculuk yaparken İstanbul'daki akrabalarından konuşuyorduk. Göz doktoru olan dayısından söz etti. Adı Emil Tahinci'ydi. Dayısıyla nasıl tanıştığımızı ve yaşamımdaki önemli yerini anlattım, olayla birlikte. "Hiç şaşırmadım," dedi. "Tanıdığım bütün sanatçıların normal olmayan bir tarafı var."

Sanatçıların, geçmişlerinde hastalıkla, sorunlarla boğuşmak zorunda kalmış, kendilerini arkadaşlarından farklı gören küçük çocuklar olduğuna, Elia da inanıyordu.

Ada

Bir kıyıdan baktım dünyaya
Ellerimde tuz, avucumda sedef

Bir mavilik bir açıklık
Özgürlük hasreti
Yüreğime vuruyor
Nerede nerede insanlar

Dünyayı güzellik kurtaracak
Bir insanı sevmekle başlayacak her şey

O üzüntü birden gelir
Yağmurlu havalarda
Yeniden kurarım dünyayı ben
Kederlerle
Kimseler âşık değil mi bu şehirde

Dünyayı güzellik kurtaracak
Bir insanı sevmekle başlayacak her şey

Hava, martılar, ışıklı şehir
Sarhoş ediyor beni yosun kokusu
Hilesiz kucaklamak istiyorum
Dünyayı, şehri ve seni

Dünyayı güzellik kurtaracak
Bir insanı sevmekle başlayacak her şey

Zülfü Livaneli

Müzik, Edebiyat, Sinema Denilen Büyülü Şeyler...

Bunaltıcı bir yaz günüydü: Bitlis'ten Amerika'ya göç etmiş ünlü yazar Saroyan'ın deyişiyle "Dünyanın bir öğleden sonrası." Odamda oturmuş, sinekleri izliyorum. Hangi karasinek masanın üstüne doğru pike yapsa yüreğim ağzıma geliyor. Çalışma masasının üstünde bir saz yatıyor. Sineklerin ona konmasını bekliyorum. Alçak sinekler odanın her tarafına konuyorlar, sazın yanından geçiyorlar ama üstüne konan yok.

Bir iki gün bekliyorum; sonunda müziksever bir sineğin alt tele konduğunu görüyorum, odaya parlak bir "la" sesi yayılıyor. Artık çok mutluyum, büyük bir hevesle o aleti tanımaya, sırlarını çözmeye koyulabilirim. Saz çalmayı öğretecek kimse yok çünkü saz çalan bir kişi tanımıyorum henüz. Babam da hiç saz çalmıyordu artık.

Aslında yaşamımı değiştiren bu hediye yerine bir bisiklet hediye edilecekti bana. Sınıfı geçersem, bir çocuğa verilebilecek en alışılmış armağanı kazanacaktım. Sınıfı geçtim ama babam o günlerde bir trafik kazası görmüş. Bahçelievler sokaklarında bisikletle dolaşan iki gence kamyon çarpmış, ikisi de ölmüş. Bunun üzerine bisikletten gözü korkan babam bana saz almaya karar vermiş. İlk tepkimin büyük bir hayal kırıklığı olduğunu hatırlıyorum. Hiç bilmediğim, çevremde de çalınmayan hatta herkesin küçümsediği, moda olmayan bu çalgıyı ne yapacaktım ben?

Babam, sazın Anadolu'nun eski bir çalgısı olduğunu, iyi çalanın elinde çok güzel sesler verdiğini, kolejde okuyan bir çocuğun ömrü boyunca ihtiyacı olan Anadolu halkıyla ilişkisini kuracağını anlattı.

Ben de ne yapayım, başladım sazla uğraşmaya. İlk çaldığım parçalar, salondaki büyük ve lambalı Philips radyodan duyduğum basit halk türküleriydi. Kendi kendime çıkarıyordum ezgileri. Bir süre sonra bu iş o kadar zevk vermeye başladı ki, geceleri kalkıp yeni ezgiler çıkarmaya başladım. Babam neredeyse pişman olmak üzereydi çünkü her konuda aşırı gitme eğilimim saz çalma konusunda da kendini gösteriyordu. Evde kimsede rahat huzur kalmamıştı.

Saz öğrenirken çaldığım üçüncü parça "Portofino"ydu. O sıralarda ortalık, dalga sesleriyle başlayan bu romantik melodiyle çalkalanıyordu. Annemin eve gelen bir hanım arkadaşı bu parçayı istedi benden. Önce tuhaf geldi ama birkaç gün sonra ağzımla dalga hışırtısını taklit ederek girdiğim bu parçayı mandolin gibi çalıyor, bir yandan da söylüyordum: "I found my love in Portofino (Sevdamı Portofino'da buldum)."

"Sixteen Tons" adlı Amerikan işçi şarkısını da çok seviyor ve söylüyordum. Bu şarkı, sabahtan akşama kadar kömür çıkaran bir maden işçisinin feryadını dillendiriyordu: "On altı ton çıkardın da eline ne geçti? / Bir gün daha yaşlısın, biraz daha borçlu / Aziz Peter çağırma beni çünkü gidemem / Şirket dükkânına borçlandım ruhumu."

İşte bu iki şarkıyla çıktığım müzik yolculuğum, hem Anadolu âşık geleneğiyle, hem de blues'la uğraşmaya başlayınca büyük bir sevdaya dönüştü.

2000'li yıllara geldiğimizde Berlin'deki bir stüdyoda, siyahi blues ve caz şarkıcısı Jocelyn Smith'in bestelerimi seslendirdiği albümün çalışmaları yapılırken, onun için birkaç blues yazdım. Kayıt sırasında kulaklarına inanamayıp coşkuyla ellerini çırparak, "Düşünsenize," diyordu, "neredeyse bütün blues tarihini anlatan bu parça Türkiye'de yazıldı. Akıl almaz bir şey." Çünkü Türkiye denilince Jocelyn'in aklına oryantal ezgiler ve göbek dansı geliyordu sadece.

Ben hayatım boyunca halkların müzikleri arasında bir çelişki görmedim. Tıpkı halkların kardeşliği gibi bütün müzik aletlerinin, türlerinin, söyleyişlerin yan yana gelebileceğine inandım, bunun için çabaladım.

Bir gün blues ustası Woody Guthrie ile Âşık Veysel'i karşılaştıran bir yazı yazmıştım. Bırakın müzik ve sözlerin benzerliğini, biri Anadolu'da öteki Amerika'da çektirdikleri iki fotoğrafta toprağa oturmuşlardı, ikisinin de başında fötr şapka vardı ve ikisi de pipo tüttürüyordu. Sanki aynı insanlardı.

Saz çalmaya ilk başladığımda en çok canımı sıkan şey akort güçlüğüydü. Telleri nasıl düzenleyeceğimi bilmiyordum. Yaz tatiline gittiğimiz Ilgın'da saz çalan bir bisikletçi buldum. Bütün çocuklar oradan bisiklet kiralıyordu. Şero diyorlardı adama. Bana telleri düzenlemeyi öğretti. Saz ustalarıyla karşılaştığım zaman, zaten saz çalan bir çocuktum.

Bir gün Ankara'da Emek Mahallesi'nde arkadaşlarla gezerken saz sesi geldi kulağıma. Yeni bir apartmanın girişindeki üç dükkânın birini perdeyle örtmüş, ev haline getirmişlerdi. Birkaç kişi vardı içerde. O güne kadar duyduğum en güzel saz çalan kişilerdi. Arkadaşlarla içeri girdik, saz çaldığımı söyledim, pek inanmadılar önce. Bunun üzerine sazı alıp "Çiçekdağı" oyun havasını çaldım. Çok heyecanlandılar, böylece melodiler uçuşan güzel bir dostluk başladı aramızda. Gençlerden biri yıllar sonra ünlü bir sanatçı olan Özay Gönlüm'dü. Ege yöresinin mızraplarını öğrendim onlardan.

Bir başka büyük etkiyi de Çorum'da yaşadım. O

yıllarda adliye müfettişi olan babam yaz tatillerinde teftişe giderken bazen beni de götürürdü. Çorum ve ilçe adliyelerini denetleyecekti o yaz. Bir gün yolumuz Mecitözü ilçesine düştü. Adliyede incelemelere başlayan babam, savcıya o yörelerde iyi saz çalan bir âşık olup olmadığını sordu. Çok ünlü biri varmış. Beni kulübe gibi bir eve götürdüler. Orada yaşlı, sakallı bir dededen bağlama dinledim. Müzik yaşamımın belki de en önemli günüydü o, yaşamımın yönünü değiştirmişti. Dede erenlerin çaldığı alet, daha önce dinlediğim hiçbir şeye benzemiyordu. Radyo sazı denilen o yavan ve sıkıcı üsluptan o kadar farklıydı ki, anlatamam. Ezgiyi üç telde tamamlıyor ve akorlarla zenginleştiriyordu. Klasik gitar tekniğiyle işleyen sağ eli öylesine ritmik bir zenginlik çıkarıyordu ki ortaya, şaşıp kalmıştım. Nefes almaya korktuğumu hatırlıyorum.

Çaldığı deyişler de farklıydı. Anadolu'nun arkaik sesleriyle ilk kez karşılaşıyordum, çok heyecanlanmıştım. Bağlamayı incelemek için izin istedim dededen. Elime aldım ve hiçbir şey çalamadım; benim tanıdığım çalgı bu değildi. Tellerin hangi seslere akort edildiğine dikkat ettim; o günden sonra en büyük çabam o çalgıyı öğrenmek oldu.

Yıllar sonra ilk plaklarım çıktığı zaman değişiklik duygusunu yaratan, beni diğerlerinden ayıran, "Ne güzel bir saz çalma biçimi," dedirten etki budur. "Karlı Kayın Ormanı" gibi birçok parçanın bestelenmesi, o dedenin bana tanıttığı uçsuz bucaksız pentatonik yani beş sesli temele dayanan müzik kaynağı sayesinde mümkün olmuştu.

Dedeyi tanımadan önce saz hoş bir oyuncaktı benim için. Radyoda yayımlanan halk müziği programlarından nefret ediyordum. Hiçbir müzikal çağrışım yoktu yaptıkları işte. Bu yüzden "Portofino" gibi, "Tom Dully" gibi parçaları ya da İspanyol flamenkolarını çalmaya özeniyordum ama dede farklıydı. Çok ciddi ve çok zengin bir müzikti onun yaptığı. İleride bunu daha iyi kavradım.

Dedenin çaldığı bağlama tarzı, dünyadaki pentatonik müzik geleneğinin en usta örneklerinden biriydi. Bu müzik yoluyla Uzakdoğu'dan İrlanda folk müziğine, Afrika'dan blues'a kadar her akraba müzikle ilişki kuruyordunuz. Yapılan müziğin temelinde armonik bir uyum vardı. Eğer o dedeyi dinlememiş olsaydım ne saz çalmaya devam ederdim, ne de beste yapardım. Batı müziğini tanıdığım için radyo sazı yavan ve tatsız geliyordu. Çalgıyı neredeyse bırakmıştım.

Ankara'ya dönünce böyle bir sazı nasıl yaptıracağımı ve bu üslubu kimden öğrenebileceğimi araştırmaya koyuldum. Sonunda bir atölyesi olan Yusuf Erenler'i buldum. Dükkâna girdiğimde orta boylu, hoş yüzlü, bıyıklı bir adam, bir yandan elindeki sapı rendeliyor, bir yandan da talaşlar arasına yerleştirdiği bir çay bardağından rakı içiyordu. İçeri girince bana soğuk soğuk baktı.

Bağlama düzeni saz yaptırmak istediğimi söyledim. Uzunca bir süre süzdü beni. "Sen saz çalmayı biliyor musun ki?" diye kuşkulu, hatta alaycı bir ifadeyle sordu. "Biliyorum!" dedim. Duvarda asılı sazlardan birini uzattı, "Çal bakalım o zaman!" dedi. Ben de bildiğim usulde saz çalmaya başladım. Gözleri hayretle açıldı, "Yahu sen gerçekten çalıyorsun," dedi. O andan itibaren ünlü saz ustası Yusuf Erenler'in müthiş takdirini kazanmıştım ama ne yazık ki hemen arkasından sordu: "Adın ne?"

"Ömer!" dedim, iki ismimi de kullanıyordum, o gün de Ömer diyeceğim tutmuştu. Saz ustası bunu duyar duymaz kıpkırmızı kesildi ve "Neee! Ömer mi?" diye bağırdı. "Hemen çık git bu dükkândan!" Neye uğradığımı şaşırdım, ne dediğini anlamadım. Sonra benim halimi gördü ve dedi ki, "Sen bilmiyorsun ama Ömer ismi bizde yasaktır. Arkadaşlar gelir de burada bir 'Ömer' görürse yandık."

O zamana kadar ben ne Alevi kavramını duymuştum, ne mezheplerden haberim vardı, ne de Ömer, Bekir ve Osman isimlerinin 1400 yıldır yasak olduğundan...

"Ama benim bir adım da Zülfü," dedim. Yumuşadı, "Haa, o zaman olur!" gibi bir şeyler söyledi. Sonra onunla çok iyi dost olduk. Bana hem güzel sazlar, curalar yaptı, hem de bağlama düzeni çalmanın tekniklerini kaptım ondan. İlk albümlerimi de şimdi ölüp gitmiş olan bu efsanevi ustanın sazlarıyla kaydettim.

1999 yılında Princeton Üniversitesi'nde, Albert

Einstein'ın ders verdiği ve pencerelerine $e=mc^2$ formülünün işlenmiş olduğu vitrayla kaplı salonda Alevilik üzerine bir konferans verirken, içimden gizlice, ilk tanıdığım Aleviler olan Çorum'daki dedeyi ve Yusuf Usta'yı da andım.

Müzik yaşamım bununla sınırlı değildi. Arkadaşlarla toplanıp tambur ve gitar çalıyorduk. Akorlar basıp moda şarkıları söylüyorduk. Bahçelievler bu yönden çok şanslı bir semtti. Birlikte müzik yaptığımız arkadaşlar arasında alt kattaki komşumuz klasik gitarcı Savaş, güzel şarkı söyleyen arkadaşlarımız Selçuk Ural, Aydın Tansel, gitarcı Tarık, Ümit, tambur çalan Akay vardı. Geceleri aygın baygın akasya kokan Bahçelievler sokakları, bir grup gencin çalgılarından yayılan armonik seslerle zenginleşiyordu.

Bu iş yıllarca sürüp gitti, lise yıllarımızda sanatla iyice içlidışlıydık artık. Hepimiz Beatles dinliyorduk, Shadows grubunun hepimizi etkileyen "Apache" gitar parçasını çalmaya uğraşıyorduk ama benim gizli gizli yürüttüğüm, kimseyle paylaşamadığım ve ileride birçok bestemin temelini oluşturacak bir Alevi-Bektaşi müziği birikimim oluşuyordu. Binlerce türkü, nefes ve deyiş öğrenecektim. Sofistike bir Batı kültürü ile halk birikimim el ele, atbaşı gidecekti manevi dünyamda.

Yalnızca müzik değildi ilgi konumuz: İhsan ve Emre adlı arkadaşlarımız evde hazırladıkları bir sinema dergisi çıkarıyorlardı. *Odak* adlı bu dergi, daktiloyla yazılmış film eleştirilerinden ve dergilerden kesilmiş resimlerden oluşuyordu. İnanın bana, çok nitelikli bir sinema dergisiydi. İhsan, adının eski çağrışımını beğenmediği için hepimizi ona Sungu demeye zorluyordu. Sonra Sungu Çapan adıyla ünlü bir sinema eleştirmeni oldu.

Her cumartesi Amerikan kitaplığına gidiyorduk. Devlet tiyatrosunda Ionesco'nun *Gergedan*'ını izlediğim günü hatırlıyorum. Oyundan çıktığımda sara krizine tutulmuş gibi titriyordum. Absürd tiyatro öylesine büyük bir etki yapmıştı üzerimde. Hemen Ionesco'nun kitaplarını aldım. Yakaladığım aile büyüklerine ve komşu teyzelere, "Kel şarkıcıyı gördün mü?" sorusuna verilen, "Evet, saçlarını tarıyordu!" cevabındaki derin gerçekliği anlatmaya çalışıyordum.

Doğal olarak herkes bu ukala, kafası hayallerle dolu çocuğun yine saçmaladığını düşünüyordu. O yıllarda Asaf Çiğiltepe ve arkadaşları Ankara Sanat Tiyatrosu'nu kurdular. Tiyatronun açıldığı ilk gün gidip *Godot'yu Beklerken*'in ilk temsilini izledim.

Kesinlikle emin olduğum bir şey vardı: Ben artık içinde yaşadığım çevreye ait değildim. Yerim Godot'ların, Ionesco'ların, Çiğiltepe'lerin dünyasındaydı. Okul beni fena halde sıkıyordu. Sanat dışındaki her şey ağır bir yüktü. Bu bunalım günlerinde bir kitaba rastladım: Kahverengi kapağının üzerinde Jean-Paul Sartre adı ve *Bulantı* başlığı vardı.

O kitaptan sonra, yaşamımın başka bir dönemi başladı.

Düşlerin Parlayıp Söndüğü Yer

Düşlerin parlayıp söndüğü yerde
Buluşmak seninle bir akşamüstü
Umarsız şarkılar, dudağımda bir yarım ezgi
Sığınmak, gözlerine sığınmak bir akşamüstü

Gözlerin bir çığlık, bir yaralı haykırış
Gözlerin bu gece çok uzaktan geçen bir gemi

Bir orman bir gece kar altındayken
Çocuksu, uçarı koşmak seninle
Elini avcumda bulup yitirmek, yitirmek
Sığınmak, ellerine sığınmak bir gece vakti

Ellerin bir martı, telaşlı ve ürkek
Ellerin fırtınada çırpınan bir beyaz yelken

Bir kenti böylece bırakıp gitmek
İçinde bin kaygı, binbir soruyla
Bitmemiş bir şarkı, dudağında bir yarım ezgi
Sığınmak, şarkılara sığınmak bir ömür boyu

Gözlerin bir çığlık, bir yaralı haykırış
Gözlerin bu gece çok uzaktan geçen bir gemi

Ellerin bir martı, telaşlı ve ürkek
Ellerin fırtınada çırpınan bir beyaz yelken

Zülfü Livaneli

Varoluşçuluk ve Aydınlanma

Siyah balıkçı kazak, siyah pantolon ve hep üzgün duran, kaygılı bir yüz... İşte gençlik yıllarımızda hepimizi peşinden sürükleyen moda buydu. Fransa'dan yayılan Jean-Paul Sartre ve Albert Camus rüzgârı dünyayı kasıp kavuruyordu. Elimizde Jaspers ve Kierkegaard'ın kitaplarıyla Ankara sokaklarında sürtüp duruyorduk. Gerçi bu düşünürleri okurken zorlanıyorduk ama ne de olsa zevkli bir zorlanmaydı bu.

Varoluşçuluk akımı, içinde bulunduğumuz çevreye ve geleneklere karşı çıkmamız için esaslı bir gerekçe oluşturuyordu. Mademki insan kendini seçerdi, biz de kendi yaşamımızı seçmekte özgürdük. Bir masa, onu yapan marangozun planına göre, önceden tasarlanarak var olabilirdi. Dolayısıyla masa gibi bir nesnenin özü varlığından önce gelebilirdi. Oysa insan bir nesne olmadığı için önce var olurdu, özü ondan sonra belirlenirdi. İnsan kendini seçmeliydi. Bu seçimde size kendi özgür iradenizden başka hiçbir şey yol gösteremezdi.

Kurum ve geleneklere kafa tutmayı, onları reddetmeyi varoluşçuluk öğretmişti bize. Eşitlikçi ve özgürlükçü akımlar dünyayı kasıp kavurmaya başladığı zaman biz çoktan bağlarımızdan kopmuştuk ve tüm dünya üzerindeki insanların kardeş ve eşit olduğunu savunuyorduk.

Varoluşçuluk öylesine etkilemişti ki bizi, arkadaşlarla selamlaşmayı, vedalaşmayı kaldırmıştık. Bir araya geldiğimiz zaman hiç kimse merhaba demiyordu. Uzun uzun anlamsız suskunluklarla süren arkadaşlıklar yaşıyorduk. Üç dört arkadaş bir araya geliyor, iki saat konuşmadan oturuyorduk. Hepimiz önemli şeyler düşünen insanlar pozundaydık. Sonra içimizden biri kalkıp gidiyordu. Tek bir sözcük etmeden ayrılıyorduk. Albert Camus'nün "Dünya saçmadır" düşüncesine yürekten katılıyorduk.

Arkadaşlarımdan farklı olarak benim yaşamım birkaç düzlemde sürüyordu. Varoluşçu kitaplar okuyordum, o modanın etkisindeydim ama bir yandan da Hemingway gibi hayata bağlı, kanlı canlı adamların hayranıydım.

Öte yandan elimde bir saz, Anadolu'nun yüzyıllardır süren ve radyolara yansımayan gizli müziğini keşfetme yolundaydım. Rastlantıyla öğrendiğim her şeyi çalıyordum. Hozatlı Alevi dedelerinin parmakla çaldığı şelpe tekniğinden Çıldırlı Âşık Şenlik ve Sümmani tarzına kadar her şeyi öğreniyordum.

Günde beş altı saat saz çaldığım oluyordu. Sazda, flamenko akorlarını bulmaya çalışıyordum. Böylece, hiçbir çelişki duygusuna kapılmadan, Søren Kierkegaard'dan Hozatlı dedelere uzanan bir kültür ortamında yaşayıp gidiyordum.

O dönemde Alevi müziğini o kadar iyi öğrendim ki, beni hep Alevi zannettiler. Hiçbir ailesel bağım olmamasına rağmen Alevi kitlesi beni kendisinden bilerek onurlandırdı. Yıllar sonra ATV için Aleviliği anlatan iki program yaptığım zaman kameraman bana çok ilginç bir hikâye anlatmıştı. Yaşlı Alevi anne programı gözyaşı dökerek izliyordu. Oğlunun, Alevi olmadığımı söylemesi üzerine de kızıyor ve buna inanmıyordu. Nasıl olur da Alevi olmayan biri bu insanları bu kadar iyi anlatabilirdi?

Üzerimdeki kültürel etkilerin çeşitliliği bu kadarla da kalmadı.

Bir yaz tatilinde Ilgın'a gitmiştik. Dedemlerin konağında, büyük kavaklık, koyun sürüsü ve sabahları sac üzerinde yapılan çoban böreklerinin kokusuyla, zevkli bir çiftlik hayatı geçiriyorduk. Daha önce böyle bir doğa zevkini sadece Dalaman'da tatmıştım. Muğla savcısı olan babam, Dalaman Yarıaçık Cezaevi'nin de sorumlusuydu ve biz hafta sonları bu dev çiftlikte ata biniyorduk.

Davavekili olan iriyarı Asım Dedem sabah aç karnına erkenden yazıhanesine gider, akşama kadar hiçbir şey yemeden içmeden çalışırdı. Akşamları eve geldiğinde ise mangalda yapılan külbastılardan epey bir miktar yiyerek bir paket Sipahi sigarası tüttürür ve Kulüp Rakısı içerdi. Çok sevecen bir dedeydi. Ahşap konakta, kovboy filmlerindeki çete reisi annelere benzeyen anneannem Tevhide Hanım ve teyzelerim yaşardı. Öğleden sonraları bir odada yatakların üzerine yan yatar durumda, saatlerce tanıdıklarından söz ederlerdi. Özellikle çok şişman olan Fikriye Teyzemin yatışı Ilgınlı bir Botero heykeli gibiydi.

Her Anadolu kasabası gibi Ilgın'ın ortasında da büyük bir park vardı. Bir öğleden sonra o parkta otururken yanıma iki genç yaklaştı. Ankara'da yurtta kalan Ilgınlı üniversite öğrencileriydi bunlar. Uzaktan tanıyordum. Müzikten söz açtılar. Benim müzikle uğraştığımı, kitaplara çok meraklı olduğumu duymuşlardı. Acaba bana İslam âlimlerinin kitaplarını verseler okur muydum? Benim sanat yoluyla insanlığa yardım etme ve mutlu bir dünya yaratma ideallerime çok yakın kitaplar olduğunu söylediler.

Hemen eve döndüm, Rus yönetmen Tarkovski'nin gölgeli ormanlarını andıran kavaklıkta yere uzanıp verdikleri kitapları okumaya koyuldum. Birçok kelimeyi anlamakta güçlük çekmeme rağmen genel bir fikir ediniyordum.

Kitaplar ilginç ve ateşli bir üslupla yazılmıştı, yazarın bambaşka bir Türkçe anlayışı vardı. Doğrusu kitaplarda bir edebiyat tadı bulmuştum. Öylesine hırslı, kuvvetli bir üsluptu ki, ister istemez etkileniyordunuz. İlkokul yıllarında dedemin sıkı dini eğitiminden geçmiş olduğum için terminoloji bana yabancı değildi.

İlk okuduğum bölüm kader kavramıyla ilgiliydi. "Eğer insanların kaderi alnına yazılmışsa, uğraşmasına ne gerek var?" sorusu soruluyordu. O zaman insanların işlediği günahın da, sevabın da sorumluluğu Allah'a ait değil miydi? Bu soru beni müthiş ilgilendirmişti. Çünkü hem varoluşçuluk felsefesinin temel sorusuydu, hem de Balzac aynı soruyu öğretmenine sormuştu.

Âlimin yorumu ve cevabı ilginçti: Ay tutulmasını örnek gösteriyordu; insanlar Ay'ın hangi tarih ve saatte tutulacağını bilirdi ama bu bilgi, insanların Ay tutulmasına neden olduğu anlamına gelmezdi. Ay, kendi kuralları ve tabi olduğu disiplin gereğince tutulurdu, biz sadece bunu önceden bilirdik. Kader de aynı biçimdeydi. İnsanın kaderi kendi davranışına bağlıydı. Ne var ki bu Tanrı katında önceden bilinirdi. Alın yazısı denilen şey buydu.

Bu bölümü okuduktan sonra kavaklıktaki ince esintide, gözlerimi kapatıp düşündüm. Bu kitapları yazan ne kadar zeki bir kişiydi. Sanki Balzac'la, Kierkegaard'la, Camus'yle polemiğe giriyor, aynı konuları irdeliyordu; doğrusu çok da mantıklı bir cevap veriyordu. O gece sabaha kadar bana verilen bütün kitapları okudum.

Ankara'ya döndükten sonra, yurtta kalan öğrenciler beni aramaya devam ettiler ve kitapların topluca okunduğu ve tartışıldığı toplantılar yaptıklarını anlattılar. Ben de bu toplantılardan birine davet edilmiştim. Diğer arkadaşlar benimle tanışmaya can atıyorlardı.

Bir pazar günü, Cebeci'deki bir eve gittik. İçerde 15-20 öğrenci vardı. Kitaplardan pasajlar okundu ama sonra yapılan yorumlar ve konuşmalardan politik bir örgüt olduklarını anladım. Bense o kitapların içindeki bilgilerle ve sorularla ilgileniyordum. O yüzden bir daha oraya gitmedim ve kitapları kapattım.

Bu arada varoluşçuluk, Hemingway ve Âşık Sümmani arasında gidip gelen iç dünyamın kargaşasını bitirecek olan akım ufukta belirmişti artık. Çünkü Plehanov'un bir kitabıyla tanışmıştık. Bu kitap Türkiye'de 60 sonrası sol literatürün başlangıcı oldu. Tarihsel materyalizmi öğretiyordu. İlk kez altyapı ve üstyapıyla, ekonominin belirleyici gücüyle ve teknolojinin değiştirici etkisiyle karşılaşmıştık.

Plehanov, ilkel kabilelerin av hukukundan örnekler veriyordu. Ok ve yayla avlandıkları dönemde büyük bir av hayvanına birden fazla ok isabet etmişse, kalbe en yakın oku atmış olan kişi en büyük parçayı alıyordu. Bütün kabilelerin okları işaretliydi ve kimin kalbe en yakın oku attığını belirlemek kolaydı. Daha sonra ok ve yayın yerini tüfek aldığında bütün bölüşme hukuku değişmişti. Çünkü kurşunlara işaret konulamıyordu.

Teknolojik gelişmelerin, hukuk üstyapısını değiştirdiğini kanıtlayan daha güzel bir örnek bulunamazdı. Plehanov'un kitabından okuduğum her satır, yüzyılımızı heyecana boğmuş olan büyük Marksizm fırtınasına doğru çekiyordu beni. Dayanılmaz bir etkiydi. Gözlerimin önündeki gündelik dünya birdenbire anlam değiştirmişti. Artık varoluşçulukta olduğu gibi dünyayı ve varlığı yorumlama çabası, yerini yepyeni bir kavrama bırakmıştı: Dünyayı değiştirmek.

Büyük bir hızla bulabildiğim her kitabı okumaya koyuldum; kitaplığımı, bir çığ gibi yayımlanan Hegel ve Marx'ın kitaplarıyla doldurdum. Bizim kuşak için aydınlanma 1960'larda başlamış ve 27 Mayıs askeri darbesi entelektüel tarihimizin miladı olmuştu.

Hemingway
ULYSSES
James Joyce
DON

Zor, Zor Yıllar

Acılardan bir türkü düşünce yüreğine
Yetmiyor sevda sözleri yaralanmış ömrüne
Sığınaklar aramak kederli şarkılarda
Biraz daha yitip gitmek yıpranan dostluklarda

Yaralayan sözler sözler gibi
Silinmeyen izler izler gibi
Birbirini gözler gözler gibi
Zor, zor yıllar

Uykusuz gecelerde sarıveren kaygılar
Kuşkuyla gözlediğin o ölüm dolu sokaklar
Eksildi ömrümüzden umut dolu o yıllar
Siz miydiniz bizler miydik yorgun düşen kuşaklar

Yaralayan sözler sözler gibi
Silinmeyen izler izler gibi
Birbirini gözler gözler gibi
Zor, zor yıllar

Zülfü Livaneli

Güzel Günler Göreceğiz

1960'larda, Türkiye'nin içinde bulunduğu karmaşık ortam ve benim garip ruh durumum, sonunda etkisini gösterdi ve liseyi bitirmem gerekirken kaldım. Yakın bir arkadaşım da benimle aynı durumdaydı. Sonradan ünlü bir ressam olan Mehmet Sönmez'le birlikte sınıfın en arka sırasına yerleştik. O, önündeki kâğıtlara sonu gelmez küçük desenler, kutu kutu evcikler çiziktirirdi. Daha sonra Bodrum resimlerinde kullanacağı üsluptu bu. Bense durmadan şiir, hikâye yazar, derslerde aklıma gelen ilginç düşünceleri not ederdim. İkimizde de garip bir utangaçlık duygusu vardı. Çoluk çocukla (!) birlikte olmak ağırımıza gidiyordu.

Dersler dışında, Bahçelievler'de epey ünlenmiş olan kabadayı Rüstem'le arkadaşlık ediyordum. Rüstem iyi İngilizce konuşan, incecik, hep siyah giyen ve Harley Davidson motora binen biriydi. Birlikte yürürken sağ tarafında olmama dayanamazdı. Gerektiğinde silah çekebilmek için sağ kolu boşta kalmalıydı. Bunu herhalde atıyor, beni etkilemek için söylüyordu ama ilgi uyandırmayı başarıyordu. Tuhaf gelecek ama onunla aramızdaki ortak konu İngilizcesinden okuduğumuz Amerikan romanlarıydı.

Okulda sadece hikâye ve şiir yazmıyordum. Bir gün, ön sıralarda oturan 2580 numaralı, tanımadığım kıza uzun bir mektup yazdım. Sınıftaki hali tavrı, davranışları, öğretmenlerle konuşurken sesindeki vurgulama çok hoşuma gitmişti. Okuldan sonra arkadaşlarıyla Renkli Sinema'ya doğru yürürken çantasını taşıyışı, kollarını sallayışı bile değişikti. Başka türlü bir uyumu çağrıştırıyordu. Mavi okul üniformasının üstüne, yakası kirlenmesin diye saydam bir naylonla kapladığı beyaz deri ceket giyiyordu. Daha sonra tanıştık. Bir albay kızıydı, iki kız kardeşi daha vardı, adı Ülker'di; arkadaşlık etmeye başladık. O zaman birileri söylese şaşırırdık ama çok kısa süre sonra evlenecektik. Ve Ülker lise yıllarımızda tuttuğu elimi yaşadığımız onca zorluk karşısında bir an bile bırakmayacak, zekâsını ve sağduyusunu sanat yaşantımın her anında bana destek vermek için kullanacaktı.

Okuldaki arkadaşlarımla ders saatlerinde bir arada oluyorduk ama okul dışı saatler ayırıyordu bizi. Onlar kahveye gidiyor, bilardo, tavla, kâğıt oyunları oynuyorlardı. Futbol seviyorlardı. Benimse ilgimi müzik ve edebiyat dışında hiçbir şey çekmiyordu. Gece gündüz okuyor ve müzik çalışıyordum, başka bir hayatım yoktu.

Benim bu yalnız ve diğer gençlerden ayrılan hayat

biçimim, birtakım yorumlara da neden olmuyor değildi. Babam sık sık, "Zülfü'nün hayalhanesi geniştir!" diyordu. Gerçekten de hayaller içinde yaşıyordum; uzak diyarları, başka hayatları merak ediyordum. Kitaplarda okuduğum kahramanların ya da serüvenci yazarların hayatını yaşamak, Ankara'dan kurtulmak istiyordum. Bu küçük, karanlık, resmi binalarla dolu şehir beni boğuyordu. Bu yüzden de evle, okulla, günlük yaşamla bağım kopuyor ve uykusuz geceler sonunda bitap düşüyor, hep yorgun oluyordum.

Beni tanıyanlara, çok yoğun bir gece hayatım olduğunu, sabahları gün doğana kadar dolu dolu yaşadığımı, yurtiçinde ve yurtdışında birçok yere girip çıktığımı, birçok insan gördüğümü, geceler boyu eğlendiğimi; kaygılandığımı, sevindiğimi, üzüldüğümü anlatsam, söylediklerimi kuşkuyla karşılarlar. Hatta kimileri bıyık altından güler bile buna. "Seni biliyoruz," derler, "pek öyle geceleri dışarı çıkacak göz yok sende; uslu uslu evinde oturduğunu bilmiyor muyuz sanki!" Ama bir insanın evinde oturması, onun hareketli bir gece hayatı olmadığını göstermez.

Bulgakov'un Margarita'sı da sözüm ona uslu uslu evinde oturuyordu ama bir gece şeytan onu kolundan tuttuğu gibi gökyüzüne götürüverdi ve büyük şehirlerin, göllerin, nehirlerin üzerinden uçurdu. Benim de gece hayatım pek hareketlidir; Margarita'nınkinden hiç aşağı kalmaz. Ben de her gece en az onun kadar çok yolculuk yapar ve sabahları, kat ettiğim büyük mesafeden yorgun düşmüş olurum.

Çocukluğumdan beri insanların gecenin belli bir saatinde zihinlerini kilitleyip uyku durumuna geçmelerini anlayamadığımı itiraf etmeliyim. Hani yastığa iki santim kala uyuyan kişiler vardır ya, bu iş bana küçük bir mucize gibi gelir. İnsan bin bir düşünce ve hayalle yatağa girip de bütün bunları nasıl bir şalterle kapatabilir?

Bunu anlayamadığım için kendimi zorlayarak başımı koyduğum yastık, beni zaman ve mekân içinde oradan oraya savuran H.G. Wells'in *Zaman Makinesi* gibidir: Görüntüler, düşünceler, ezgiler, dizeler, roman planları, kişiler, geçmiş olaylar birbirini kovalar. Yastık beni kâh Stockholm'e savurur, kâh Atina'ya. Kimi zaman Ankara'dayımdır, kimi zaman ölmüş dostlarla bir akşam yemeğinde. İnsanlar, yaşantı kırıntıları, dostluklar, düşmanlıklar gözümün önünden geçer. Bir imgeden hikâye çıkar, bir sesten yeni bir ezgi. Başucuma koyduğum kâğıtlara notlar yazarım.

Normal insanları, göze görünmeyen, sihirli bir kumaş gibi sarıp sarmalayan uyku, beni boğmaya başlar ve uykusuzluk gelir; mutlaka gelir. Uyku denilen nazlı kraliçeyi tahtından kovan, sert ve haşin bir kral gibi muhteşem bir geliştir bu. Beynimde kurduğu uykusuzluk imparatorluğunu hiç kimseyle paylaşmayacağını vurgulayan kararlı bir geliş.Mağrur kral beni tekrar ele geçirince, gün doğuncaya kadar iktidarını olanca despotluğu ve acımasızlığıyla sürdürür. Aslında işte tam da o despotluk sırasında ben yazarım, çizerim, hayal kurarım ve üretmeye devam ederim.

1960'ların ortalarında Türkiye yeni bir seçime gidiyordu. Ankara'da mitinglere katılıyor, avazımız çıktığı kadar "Gelin canlar bir olalım," diye haykırıyorduk. Hepimiz kardeştik, dünyada da kardeşlik ve eşitlik istiyorduk. Konserler, toplantılar birbirini izliyordu. *İnce Memed*'in yazarı Yaşar Kemal kalın sesiyle "İşçiler, köylüler, kardeşlerim!" diye sesleniyordu radyoda.

Sürekli kitap okuyorduk. Genç kuşaklar bir kültür şokuna uğramış gibiydi: Politik oyunlar sahneleyen tiyatrolar kuruluyor, Anadolu âşıkları on binlerce kişiye konser veriyor ve her gün yayımlanan kitaplarla Türkiye, üzerine bir çavlan gibi dökülen sol söylemin heyecanını yaşıyordu. Vietnam Savaşı'na karşı çıkıyorduk. Üniversitelerde düzenlenen panellerde Amerikan emperyalizmi eleştiriliyordu. Kendi köşelerimizde sessizce yürüttüğümüz entelektüel dünya özlemi, kitlesel harekete dönüşmüştü.

O dönemde bilmediğimiz şey, sosyalizmin, ilkelliği aşmaya yetmeyeceği idi. Hiçbir ideoloji, bir toplumda mevcut olan ilkellik ve şiddeti ortadan kaldıramazdı. Her toplum kendi düzeyine göre algılayacaktı ideolojiyi. Türkiye'deki şiddet geleneği yüzünden sol, ileride bazı gruplar tarafından incelik yerine kabalığın, yumuşaklık ve duyarlılık yerine şiddetin maskesine dönüştürülecekti. Daha sonra Lev Tolstoy'un *Diriliş* romanını okurken bir bölüm dikkatimi çekti. Romanın kahramanı olan prens, Sibirya'ya sürgüne gönderilen sevgilisinin peşinden oralara kadar gidiyordu. Sibirya hapishanelerinde o dönemin devrimcilerini görüyordu. Tolstoy roman kahramanının ağzından bir gözlemini aktarmıştı: Ona göre bu adamlar, toplumun hem en iyi, hem en kötü kesimlerinin temsilcileriydi. İçlerinde melek gibi saf ve iyi niyetli olanlar da vardı, ipten kazıktan kurtulmuş şiddet düşkünü fırsatçılar da.

Ama biz o dönemde dünyayı daha güzel ve daha yaşanır hale getirecek gücü kendimizde buluyorduk. Dünyayı değiştirecektik. Hem yas içindeydik, hem de ekmek, şarap ve gül günlerini yaşıyorduk.

Tam bu sırada yaşamımız bir haberle renklendi: Bir bebek geliyordu.

Gençlik yıllarıma damgasını vuran parasızlık yine gündemdeydi. İlerde buna bir de politik baskılar eklenecekti ama henüz bunu bilmiyordum. Çocuğum olacaktı, para gerekiyordu. Almanların güçlü ilaç firması Merck'e girdim; Trabzon'da oturacak, firmanın Karadeniz bölgesi temsilciliğini yapacaktım.

Bir pazar günü saat iki buçukta Ankara Doğumevi'nde küçük bir bebeği kucağıma aldım. Hep kız istemiştim, kız olmuştu. Öyle küçük ve öyle kırılgandı ki öpemedim bile. Sadece kulağına eğilip, "Teşekkür ederim Aylin!" dedim; ismini aylar öncesinden belirlemiştik. Babası düşünceleri nedeniyle hapse girdiğinde, ülkesinden uzaklara sürüldüğünde, sıkıntılı dönemler geçirdiğinde o hep babasına sarılıp, güzel aydınlık sıcacık gülüşüyle bakarak, cesaret ve umut verecekti.

Aylin'in doğumundan birkaç gün sonra eşyalarımı toplayıp Trabzon'a gittim. Eski bir Pontus şehri olarak hem farklı bir mimariyi vurguluyor, hem de Osmanlı geçmişini bütün güzelliğiyle yansıtıyordu. Trabzon'u görür görmez sevmiştim, iyi ki Ankara'dan uzaklaşıp buraya gelmiştik. Güzel, bağımsız ve geçim sıkıntısı çekmediğimiz bir yaşam kuracaktık. Tekke Mahallesi'nde bir otele yerleştik.

Hiç yurtdışına çıkmamıştım ama yabancı bir ülkede gibi hissediyordum kendimi. Kokular değişmişti. Farklı bir yerdi burası. Yirmi gün sonra Tekke Mahallesi'ndeki evimiz Aylin ve Ülker'in gelişiyle yuva olmuştu. Bütün camlardan deniz görünüyordu. Her gün yürüyerek işime gider, esnafla sohbet eder, bazen çocuklara gazoz alır ve tabii yine şehre gelen hiçbir filmi kaçırmazdım. Eve gelince sıcacık, neşeli bir yuva beni beklerdi.

Bir süre sonra şirket, şoförlü bir araba yolladı bana. Otobüslerden kurtulmuştum. Üç dört gün süren gezilerden her dönüşüm bir bayram şenliği gibiydi. Genellikle akşam dönüyordum. Aylin uyumuş oluyordu o saatte. İlk iş olarak onun odasına gidip uyuyuşunu seyrediyordum. Ülker bebeği mutlaka giydirmiş oluyordu. Beni bekleyemediği için ya pembe ya kırmızı fırfırlı giysilerle uyuyakalmış buluyordum onu. Minik beyaz çoraplı bacaklarında, nasılsa cibinlikten sızabilmiş birkaç sivrisinek kızartısı görünüyordu. Onu uyandırmadan öpüyor, bütün masumiyetiyle kendinden geçmiş uyuyan bu güzel, lepiska saçlı çocuğu seyretmeye doyamıyordum. O sırada salondan hafifçe tabak çatal sesleri duyuluyor ve hazırlanan bir sofranın güven verici huzuru yayılıyordu içime. Bütün sıkıntıları geride bırakmıştık. Akşamları yemekten sonra kitap okuyorduk.

Trabzon bize ummadığımız kadar huzurlu bir dönem sunmuştu. O yıllardaki yayın patlamasının hediye ettiği kitaplarla doluydu günlerimiz. Her çıkan kitabı almaya çalışıyorduk. Neler okunmuyordu ki; avangard romanlar, modern şiirler, tiyatro ve sinema kuramlarıyla ilgili yayınlar; Rus, İngiliz, Amerikan ve Fransız klasik romanları... Türkiye'nin gençleri o dönem yoğun bir entelektüel bilgi nehrine akıyordu. Biz de içindeydik ve bu akışın nerede noktalanacağını düşünmüyorduk bile.

Trabzon'da askerliğini yapmakta olan iki genç, zaman zaman bizim gruba katılıyordu: Ataol Behramoğlu ve Hasan Cemal. Ataol'la daha çok görüşüyorduk ve bize yüksek sesle yeni yazdığı şiirleri okuyordu.

O sıralarda öğretmen okulunda resim öğretmenliği yapan genç, sempatik biri de katıldı aramıza. Güleç yüzlü, şakacı ve çok güzel fotoğraf çeken biriydi. Adı Mustafa Beşgen'di. Deniz kıyısındaki gezilerimizde, evimizin bahçelerindeki yaz sohbetlerinde hep resimlerimizi çekiyordu. Ataol birkaç kere bu çocuğun aramızda ne aradığını sordu. Öğretmeni hiçbir şeye benzetememişti. Ben, iyi niyetli biri olduğunu söyleyerek Mustafa'yı korudum. Aklımca, sosyalist dünya görüşüme adam kazandırıyordum.

Yıllar sonra 12 Mart sorgulaması sırasında, Mustafa Beşgen'in bir ajan olduğunu ve MİT'e rapor yazdığını öğrendiğimde çok şaşırdım. Meğer bu adam, her gün aleyhimizde raporlar yazar, en masum piknik gezintisini bir gizli örgüt toplantısına, bir aile ziyaretini suikast planlamasına çevirirmiş. 1971 yılında bu adamın yalan raporları yüzünden başımıza çok iş gelecekti ve büyük acılar çekecektik.

Ben her ay dolaştığım için Ordu'dan Artvin'e kadar her il ve ilçedeki sol eğilimlilerle görüşüyor, uzun uzun konuşuyordum. Türkiye'nin bir devrime gittiğine emindik. Ülkenin geleceği bizdik. Çünkü bütün insani değerleri, dostluğu, kardeşliği, emeği ve kültürü biz temsil ediyorduk. Biz idareyi aldığımızda Türk insanı daha mutlu ve daha anlamlı bir yaşama kavuşacaktı.

Geziler sırasında dağ köylerine çıkıyor ve orada kahveye topladığım köylülerle uzun uzun konuşuyordum. Epey inandırıcı olduğunu sandığım bu konuşmaların sonunda köylülerin gösterdiği sempatinin bir nedeni de onlara verdiğim ilaçlardı. Çünkü ıslak Karadeniz köylerinde romatizma çok yaygındı ve Neurobion çok etkili bir romatizma ilacıydı.

Bu mutlu günler çok kısa süre sonra bitecek, düşüncelerimden dolayı daha fazla Türkiye'nin bu karmaşık siyasi ortamında yaşayamayacak; kızımın, Ülker'in ve benim güveliğim için tam 11 yıl yurtdışında yaşayıp vatan özlemi çekecektim.

Umudu Kesme Yurdundan

Nasıl başlarsa fırtına
Öyle diner birdenbire
Bir ışık parlar yeniden
Karanlıklar arasından
Umudu kesme yurdundan

Şah damarı vurulsa da
Dört bir yandan sarılsa da
Işık yener karanlığı
Bak çocukların gözlerine
Umudu kesme yurdundan

Kara kışın buzu bile
Sürmedi sonsuza kadar
Bahara döndü sonunda
Filiz sürdü kar altından
Umudu kesme yurdundan

Zülfü Livaneli

Karışık Günler ve Bir "Artist"in Doğuşu

1968 yılıydı; Avrupa'da olanlar, Prag Baharı ve Paris kalkışmaları bizi can evimizden vuruyordu. Önemli günler yaşadığımızın farkındaydık. Kitaplar, yayınevleri, tiyatrolar, konserler, dergiler ve siyasi toplantılarla Türkiye, belki de tarihinin en heyecanlı dönemlerinden birini yaşıyordu. Bunun odağı Ankara'ydı. Her şey Kızılay çevresindeki birkaç yüz metrekare içinde geçiyordu. İnsan ilişkileri sıklaşmış, heyecan artmış ve eylemler statükoyu sarsmaya başlamıştı. Askerliğim bitince Merck'ten ayrıldım ve Ankara'ya döndük.

Arkadaşlarımla bin bir güçlük ve heyecanla "Ekim Yayınları"nı kurduk. O dönemde kitap kapakları pek ahım şahım değildi. Ekim Yayınları'nın özel tasarlanmış göz alıcı kapakları kısa sürede dikkat çekti. Ayrıca çevirilere de çok özeniyorduk. Ankara'daki aydın çevre ve üniversite hocalarının çoğuyla kitap seçimi, çevirisi ve redaksiyonu konusunda işbirliği yapıyorduk. Ben (yıllar sonra yazdığım kitaplar üzerine eleştiriler yayımlayacağını henüz bilmediğim) *Publishers Weekly* gibi birçok yayın dergisine abone olmuştum. Dünyada neler olup bittiğini izliyor, en iyi kitapları buluyordum. Maddi sıkıntılarla geçirdiğimiz uzun günlerden sonra kitaplarımız yeni baskılara kavuşmaya başladı.

O dönemde Ankara'da tiyatrocu, müzisyen, gazeteci, yazar ve sanatçılar olarak, umutla geleceğe bakıyor ve harıl harıl çalışıyorduk. Akşamları da birbirimizden ayrılmaz, türküler söyler, tiradlar okur, felsefe tartışır ve bol bol gülerdik.

Kültür; dünya tarihinde, bazı iktidarlar için hep suçla eşanlamlıdır aslında.

Bir Nazi subayı, "Kültür lafını duyunca elim tabancama gidiyor!" demiş bir gün. Ben de 1986 yılında bunu, Rusya'da, Kremlin'de, Sovyetler Birliği'nin son lideri Gorbaçov'a aktardım. Güldü ve bu sözü bir kâğıda not etti.

Bütün bu kargaşa arasında nasıl vakit bulup da sanatla ilgilenebildiğimi bilmiyorum ama yazı, çeviri ve müzik çalışmaları da sürüp gidiyordu. Bir yandan Çehov'un mektuplarını çeviriyor, bir yandan hikâyeler yazıyor, bir yandan da besteler yapıyordum.

Tiyatrocu ve yazar sevgili dostum Vasıf Öngören başta olmak üzere arkadaşlarım bu bestelere ve şarkı söyleme tavrıma çok önem veriyorlardı. Hemen her gece uzun uzun, beni bir plak yapma konusunda iknaya çalışırlardı ama o taraklarda bezim yoktu. Müziği kendim için yapıyordum, belki biraz da yakın çevrem için. Hiçbir zaman profesyonel olmayacaktım. Çünkü kendimi bir yazı adamı olarak görüyordum.

Müzik benim için o zamanlar sadece, bana mutluluk veren bir araçtı.

Bu arada, küçük kardeşim Ferhat'ı klasik gitara başlattım. Böylece onun da yaşamı değişti. Ankara'da askerliğini yapmakta olan Mutlu Torun o zamanlar ut sanatçısı olarak ünlenmişti ama aynı zamanda çok iyi bir klasik gitarcıydı. Ferhat'a epey emeği geçti, iyi bir müzik adamının yetişmesinde ilk taşları koydu. Öteki kardeşim Asım da saz çalıyordu. Böylece ailede bir müzik geleneği başlamış oldu. Yine de gizli bir gelenekti bu, açığa vurulmuyordu.

Bir süre sonra profesyonel müzik yapmak kafamı kurcalamaya başlamıştı. Çünkü yaşam alanımız gittikçe daralıyordu. Ankara'da bizi kolay yaşatmayacaklardı artık. O sıralarda Milli Kütüphane'de her zaman yaptığım gibi folklor araştırmalarımı sürdürüyordum. Çok eski bir dergide "İnce Memed Türküsü"nün sözlerini ve notalarını buldum. Deşifre ettiğimde ortaya çok güzel bir parça çıktı.

İstanbul'a gidişlerimden birinde hiç tanımadığım Yaşar Kemal'i bulmak istedim. O güzel "İnce Memed Türküsü"nü dinletmek istiyordum ona. Cağaloğlu'nda akrabası Ramazan Yaşar'ın Ararat Yayınevi'ne gelip gittiğini söylediler. Gidip sordum, arada bir uğrarmış. Hoş bir rastlantıyla ertesi gün Yaşar Kemal geldi. Yanına gittim, kim olduğumu söyledim ve çok güzel bir türkü bulduğumu anlattım.

"Aman," dedi, "bana çalar mısın onu?"

Basınköy'deki evine davet etti: Hem de güzel bir Çukurova köftesi yapma vaadiyle birlikte. Ertesi gün evlerine gittim. Her tarafı kitapla kaplı bir salonun öteki ucunda çalışmakta olan Thilda Kemal, gözlüklerinin üstünden şöyle bir baktı, "Hoş geldiniz," dedi ve bir daha da bizimle ilgilenmedi.

Yaşar Kemal'le ordan burdan konuştuk; kim olduğumu, neler yaptığımı anlattım. Sonra sazı alıp "İnce Memed Türküsü"nü söyledim.

Yaşar Kemal'in coşkun beğenisinden daha da önemli olan şey, Thilda'nın birdenbire benimle ilgilenmeye başlaması ve "Çok ilginç bir *accompaniment*," demesiydi. Piyano çalan, müzik bilen Thilda Kemal, benim Mecitözü'ndeki dededen öğrendiğim geleneği geliştirerek oluşturduğum yeni saz tekniğini anlamıştı. Gerçekten de sazı gitardaki arpej tekniğini kullanarak çalıyordum; yani bilinen radyo sazındaki gibi, türküye birebir eşlik edilip aynı melodi çalınmıyor, arpej tekniğiyle akorlar arka arkaya sıralanıyordu. Thilda bu yüzden "eşlik"e dikkat çekmişti.

Ben ayrıldıktan sonra da, "Bak Yaşar," demiş, "bu müzikte yeni bir şey var. Göreceksin, bu genç çok meşhur olacak."

Yaşar Kemal birkaç gün sonra bunu bana anlattığında ve "Thilda'nın her dediği çıkar. Yılmaz Güney için de aynı şeyi söylemişti," dediğinde ona inanmadım.

Thilda yanılıyordu. Ben kendimi biliyordum. Ünlü olmama imkân yoktu ki!

İlk ilişkiyi kim kurdu, nasıl oldu hatırlamıyorum ama o dönemin gözde plak firmalarından Sayan Plak'la bir anlaşma yaptım. Bana iki yıllık bir anlaşma önerdiler. İyi bir avans da vardı sözleşmede. Ankara'ya sevinçle döndüm. Ülker'e gösterdim.

Gözümüze bir kelime ilişince, birbirimize tuhaf tuhaf baktık. Çünkü sözleşmede Sayan Plak "firma", ben de "artist" olarak anılıyorduk. Bu öylesine garip ve komik bir durumdu ki, ikimizi de kahkahalarla güldürdü. Utancımdan, sözleşmeyi arkadaşlarıma gösteremiyordum.

Parçaları hazırlamaya başladım. Pir Sultan söylemek istiyordum. Bir de "Narman Kazası" adlı güzel türküyü okuyacaktım. Kendi bestelerim vardı ama ortaya çıkarmaya cesaret edemiyordum.

Bir bestemin ortaya çıkması için on beş yıl bekleyecektim. Sonradan, Ülkü Tamer'in yazdığı sözlerle, "Güneş Topla Benim İçin" adını alan melodiydi bu. Brecht'in şiirlerini bestelemiştim. Bir yandan da ağıtlar çalıyordum.

Gençliğimizin coşkulu serüveni, 12 Mart askeri darbesiyle kesildi. Bir ihtilalle hediye edilen özgürlük ortamı, başka bir ihtilalle elimizden alınmıştı. Çocukluk dönemlerimize rastlayan bir askeri ihtilalin elimize tutuşturduğu oyuncaklar, gençlik dönemimizdeki askerler tarafından kırılıyor, parçalanıyor, yasaklanıyor ve bu özgürlük döneminin faturası bize ödetilmek isteniyordu.

İlkgençlik döneminin sarhoşluğu sona ermeden kendimizi hapishanelerde, tutukevlerinde buluverdik. Hem de, bütün arkadaşlarımız ve kitaplarımızla birlikte. Gittiğimiz her tiyatro suç unsuru olmuştu, okuduğumuz her kitap da öyle. İki arkadaşla köşe başında gevezelik etmiş olmak, anlamsız gülme krizlerine tutulduğumuz anlar, ömrümüzün ilk sarhoşluklarını yaşadığımız uzun geceler tek tek sorgulanıyordu.

Bastığımız kitaplar da sakıncalı bulunduğundan yayınevimizi de kapatmış, Türkiye halkına ait olduğunu düşündüğümüz kitaplarımızı da saklamıştık. Ama onları buldular ve bana hapishane yolları gözüktü.

Evden beni polis alırken eşime "Üzülmeyin, Aylin'e iş gezisine gittiğimi söylersin," dediğimi hatırlıyorum.

Hapishanedeki hayatımı anlatmak çok zor; korku, özlem, acı, kahkaha, hepsi iç içe.

Koğuşa ilk girdiğimde hayrete düşmüş, hatta hayal gördüğümü sanmıştım, çünkü Trabzon yıllarımda görüştüğüm herkes koğuşumdaydı, bir süre sonra anladım ki, arkadaşlarımızdan birisi hakkımızda yalan yanlış sözlerle bizi emniyete ispiyonlamıştı. Bu yüzden tam olarak neyle suçlandığımı bilmeden tam bir ay yattım içeride. Ne yazık ki çıktıktan beş ay sonra tekrar içeri alınacaktım.

İlk çıktığım zaman besteler ve parçalar üzerine yoğunlaştım. İstanbul'a gelip stüdyoya girdim. Şimdi geriye bakınca o ilk stüdyo günlerini hatırlamak üzüntü veriyor.

Onca baskı, hapis ve korku, kişiliğimi hırpalamış olmalıydı. Çok güvensizdim, ruh sağlığım yerinde değildi. Geceleri çırpınarak uyanıyordum. Günün ve gecenin her dakikasında, bir yerden bir kötülük geliyor, bana ve aileme yaklaşıyor saplantısı içindeydim. Onca çabayla yoktan var ettiğimiz yayınevi ve kurduğumuz hayat yıkılmıştı. Hiçbir suçum olmadığı halde, sadece kültür ve sanata meraklı olduğum için askerin ve polisin boy hedeflerinden biri haline gelmiştim.

Bütün bu baskılar sonucunda, stüdyoya girdiğimde sesim kısılıyordu. Kayıt aletlerinin soğukluğu ve üzerime dikilmiş mikrofon gözeneklerinin karşısında, yargılanıyor gibi hissediyordum kendimi. Bir hırıltı gelip tıkıyordu boğazımı ve gerçekten sesim kısılıyordu. Konuşamıyordum bile.

Stüdyoda şarkı okumaya çalışırken, sağlık durumum kötüleşmeye başladı. Bir sürü ilaç alıyor ve gırtlağıma kadar soktuğum spreyleri sıkıp duruyordum ama hiçbirinin fayda ettiği yoktu.

O dönemde Anadolu âşık müziğini derleyip dizi plaklar yapma hevesine kapıldım. Anadolu'nun gizli müziğini söyleyen bu âşıklar yitip gidecekti ve geride hiçbir şey kalmayacaktı. Amerika'daki Folkways gibi bir plak şirketi bütün bunları derli toplu yayımlasa ve tanıtıcı kitapçıklar hazırlasa, gelecek kuşaklara müthiş bir iyilikte bulunmuş olurdu. Yunanistan rebetika ustalarını arşivler halinde derleyip toplamamış mıydı? Böylece bazı âşıklarla ilgilenmeye ve onların stüdyo kayıtlarını yapmaya başladım.

Aradan bir iki hafta geçti geçmedi, bizim ev âşık kaynamaya başladı. Nasıl olduysa haber bütün Anadolu'ya yayılmıştı.

Köylerden sazını kapan âşık İstanbul'a koşuyor ve beni buluyordu. Ne yapacağımı şaşırmıştım. Oturduğumuz apartmanın kapıcısı, Nişantaşı sokaklarında dolaşan sazlı bir gariban gördü mü tutup bize getiriyordu.

İstanbul'daki bir kayıt stüdyosunda, plak için seçilecek parçaları çalarken, çok güvendiğim bir ezgiyi önermiştim. Stüdyoda plak dünyasından anladığı ve halkın nabzını tuttuğu iddia edilen bir yapımcı vardı.

Parçayı dinledi, dinledi ve "İyi ama, tutmaz," dedi. "Bizim halk bu parçayı sevmez."

Sözünü ettiği parça "Leylim Ley" adını taşıyordu. Sabahattin Ali'nin bir şiiri üzerine yapmıştım. İleride onlarca solist tarafından okunacak ve beş milyonun üzerinde satış yapacaktı.

Hatta 25 yıl sonra Ankara Hipodromu'nda 500 bin kişiyle Orhan Veli'nin "Gün Olur," Nâzım Hikmet'in "Karlı Kayın Ormanı," Yaşar Kemal'in "Merhaba," Bedri Rahmi Eyüboğlu'nun "Yiğidim Aslanım" ve Paul Éluard'ın "Özgürlük" dizelerini tek bir yürek olup haykıracak, umutla dolacaktık.

Bu konserden tam bir yıl sonra da, 1998'de Beatles'ın kayıt yaptığı Abbey Road stüdyosunda parçalarımı kaydeden Londra Senfoni Orkestrası'nı izleyecek; Moskova Senfoni Orkestrası'ndan, Moskova Virtüözleri'nden, Volos Senfoni Orkestrası'ndan,

İzmir, Hacettepe ve Cemal Reşit Rey Senfoni orkestralarından da dinleyecektim bu eserleri.

Fakat o yıllara daha çok vardı.

1972'nin son günlerine geldiğimizde, artık Türkiye iyice gergin siyasi bir dönemden geçmeye başlamıştı ve bize Avrupa yolları gözükmüştü. 11 yıl boyunca sürekli ülkeme dönmenin yollarını arayacak ve herkesi çok özleyecektim, özellikle de babamı; bana ilk Hemingway kitabını ve ilk sazımı veren, beni sinemalara götüren, her akşam bizi topladığı sofralarda özgürce her şeyi tartışmamıza olanak veren, tarihten örneklerle, şiirlerle, anekdotlarla konuşmasını süsleyen babamı. Hayatım boyunca tanıdığım en kibar, en şık adamı. Hep hüzünlü bir gülümseyişle bakan babamı.

Ne yazık ki bütün dünyada üniversite eylemleri olarak başlayan olaylar, Türkiye'de, yıllarca sürecek sert çatışmalara yol açtı. Türkiye'nin doğal dengesi altüst oldu. Birbirine düşman gruplar yaratıldı; kısacası halkın deneme yanılma yöntemiyle demokrasiyi öğrenmesine ve olgunlaştırmasına hiçbir zaman izin verilmedi.

Eğer Batı demokrasilerinde olduğu gibi ana sağ ve ana sol akım iki büyük nehir gibi aksaydı, insanlar bugün olduğu gibi etnik ve dini bölünmelere uğramayacaklardı.

Çünkü o zamanlar sol ve sağ hareketlerin içinde

Türk, Kürt, Ermeni, Rum herkes yer alıyor ve kimse birbirinden farklı olduğunu düşünmüyordu. Bu insanları büyük politik kimliklerinden ayırıp daha alt gruplara bölenler, sözüm ona Türkiye'nin birlik ve bütünlüğünü sağlamak için yola çıktıklarına inananlar oldu.

KAHROLSUN FAŞİZM
YAŞASIN ÖZGÜRLÜK
TEK YOL DEVRİM

Ey Özgürlük

Okulda defterime
Sırama ağaçlara
Yazarım adını

Okunmuş yapraklara
Bembeyaz sayfalara
Yazarım adını

Yaldızlı imgelere
Toplara tüfeklere
Kralların tacına

En güzel gecelere
Günün ak ekmeğine
Yazarım adını

Tarlalara ve ufka
Kuşların kanadına
Gölgede değirmene yazarım
Uyanmış patikaya
Serilip giden yola
Hınca hınç meydanlara adını

Ey özgürlük!

Kapımın eşiğine
Kabıma kacağıma
İçimdeki aleve

Camların oyununa
Uyanık dudaklara
Yazarım adını

Yıkılmış evlerime
Sönmüş fenerlerime
Derdimin duvarına

Arzu duymaz yokluğa
Çırçıplak yalnızlığa
Yazarım adını

Geri gelen sağlığa
Geçen her tehlikeye
Yazarım ben adını, yazarım

Bir sözün coşkusuyla
Dönüyorum hayata
Senin için doğmuşum haykırmaya

Ey özgürlük!

Paul Éluard

Merhaba Avrupa
Merhaba Dünya

Sorgular, yargılamalar, bekleyişler, tehlikeli yolculuklar, trenle Bulgaristan'a varışım, Almanya'daki gergin günlerim, Norveç'teki kısa bekleyişim... derken, İsveç son durağım oldu.

Bir arkadaşım, İsveç'in politik mülteci hakları bakımından daha rahat olduğunu ve oraya başvurmanın doğru olacağını söylemişti. Stockholm'de gitmem gereken kişi ise heykeltıraş İlhan Koman'dı.

Bir gece treniyle Oslo'dan Stockholm'e yola çıktım. Stockholm'deki T-Centralen'de indiğimde sabah olmuştu. Aydınlık ve pırıl pırıl bir mayıs günü başlıyordu. Elimdeki kâğıtta yazılı semt Drottningholm'dü. Yaşlı, aydınlık yüzlü bir kadına Drottningholm'ü sordum. Gülümseyerek çok uzak bir semt olduğunu anlattı ve kaç numaralı otobüse binerek gidebileceğimi söyledi. Çok güzel İngilizce konuşuyordu. İyi günler dileyerek bisikletine atladı ve gitti. Biraz sonra bindiğim pırıl pırıl otobüsün kadın sürücüsü de İngilizce konuşuyordu. İsveç hakkındaki ilk izlenimlerim olağanüstü iyiydi. Galiba buraya gelmekle en doğru işi yapmıştım.

Otobüsle uzun uzun gittik. Şehrin dış mahallelerine uzandıkça ormanlar, göller, adacıklar çıkıyordu karşımıza. Otobüsün önünden sincaplar geçtiğini gördüm. Şehrin içinde yaşıyorlardı. Drottningholm ise ayrı bir dünyaydı. Büyük bir sarayın çevresini kuşatan bahçelerin, ormanın ve denizin yarattığı güzellik insanın içini kamaştırıyordu doğrusu. Sonradan "drottning"in İsveç dilinde kraliçe anlamına geldiğini öğrenecektim. Gördüğüm saray da kraliçeye aitti. İnsanlar sere serpe kraliçe sarayının çimenlerine uzanmışlardı. Ne var ki o dekor içinde çıplaklık, sağlıktan başka hiçbir anlama gelmeyecek kadar dürüst bir tavırdı. Yere uzanmış olan genç babalar, karınlarının üzerine oturttukları sarışın çocuklarla oynuyor, genç kızlar bisiklete biniyordu. Kimsenin kraliçeden ya da muhafızlardan çekindiği yoktu. İşte, dünyadaki hiyerarşik düzenleri altüst eden İsveç demokrasisinin ilk örneği gözlerimin önündeydi.

Kömür sisinin insanın genzini yaktığı bir kentte, çamurlu yolların durmadan kesildiğini görmeye ve siyah arabalı büyüklerin geçişini izlemeye alışmış bir Ankaralı olarak bu pastoral resmi hayranlıkla izleyip durdum.

İşte Aylin'i böyle bir ortamda büyütmek istiyordum. Buraya yerleşmeliydim. Onca yıl sıkıntı çeken Ülker'i de dinlendirecek ortam buydu.

Ingmar Bergman'ın yaz filmlerindeki gibi garip ve gizemli bir atmosferin içine düşmüştüm. Hava çok güzeldi, tepemizde insanı yakmayan bir güneş parlıyordu ve aydınlık, gece yarılarına kadar sürüyordu. Eski alışkanlıklara göre akşamüstü olduğunu zannettiğinizde saate bakıyor ve gece yarısına yaklaşmış olduğunuzu görüyordunuz.

Bir iki gün İlhan Koman'ın sanatçılarla dolu gemisinde kaldıktan sonra, çok yakında, orman içindeki bir köşke yerleştirdiler beni. Drottningholm Sarayı'nın çevresinde, kraliçeye hizmet eden insanlar için çeşitli köşkler yapılmıştı. Bunlardan biri Cilla adındaki bir kız ile ailesine aitti. Cilla bir süredir evini Türk mültecilere kiralıyordu. Ben de bu rahat eve yerleştim. Sık ağaçlı bir tepenin üzerindeydi ev; camlarından enfes bir göl manzarası görülüyordu. Bu eski ve ahşap köşkte birçok Türk kalıyordu. Çoğu, siyasi olaylara karışmış olan deniz subaylarıydı.

Kısa zamanda yine sanat dolu bir ortama kavuşmuştuk, belki paramız yoktu ama mutluyduk. Bazı akşamlar evde şarkılar, türküler söylüyor ve memleket hasreti gideriyorduk. Müzik yapabilmem beni birdenbire özel bir kişi durumuna sokmuştu. İsveç radyosunda çalışan Kosta ve Dimitri adlı iki Yunan kardeş, filmlerine müzik yapmamı istediler. Bu iki kardeş benim birkaç yıl sonra Türkiye ve Yunanistan arasında politik gerginlikler olurken Yunan dostlarım Maria Farandouri ve Mikis Theodorakis ile barış şarkıları söylememin ilk nedeniydi...

Stockholm'deki ilk evimizi kiraladığımız Kungshamra, bir öğrenci mahallesiydi. Evimizin hemen yanından müthiş bir orman başlıyordu. Akşamüstleri o ormanda yürüyüş yapmak ve göl kenarına giderek bir fincan filtre İsveç kahvesi içmek büyük bir zevk oluyordu. Evi (eğer o partal eşyaya mobilya denebilirse) mobilyalı kiralamıştık. Kungshamra'da kalan Türkler, İranlılar, İsveçliler, Macarlar ve Latin Amerikalılardan oluşan bir çevre bizi hiç yalnız bırakmıyordu.

Eğitim kurumları, İsveççe öğrenmek için burs veriyordu. Bu parayla geçinmemiz mümkündü. Zaten dil öğrenmek istiyorduk. Kursa gitmeye başladık ve İsveççemiz her geçen gün biraz daha gelişti. Altı ayın sonunda üçümüz de bu dili konuşabiliyorduk.

İsveç eğitim konusunda ideal bir ülkeydi. Çünkü hayatının her döneminde okumak isteyen yurttaşlarına –bu arada yabancılara da– eğitim kurumlarının kapısını açık tutuyor, hatta bu isteği büyük burslarla özendiriyordu.

Bu eğitim cennetinde biz de hemen üniversiteye yazıldık; hem burs aldık, hem de Stockholm Üniversitesi'nin öğrenci evlerinde oturmaya başladık. Ülker pedagoji okuyordu, ben felsefe. Daha sonra Dalcrose okulundaki müzik eğitimini de buna ekledim.

Öğleden sonralarım kitapçılarda geçiyordu. Özellikle İngilizce kitap satan Akademi gibi büyük kitabevleri sürekli mekânımdı. Bir üniforma haline getirdiğim blucin vardı üstümde; ayağıma da İsveçlilerin tahta ayakkabıları olan treskor'ları geçirmiştim. Bu kılığı yıllarca değiştirmedim. Kitapçılarda saatlerce kalıyor, yeni çıkan öncü edebiyattan sinemayı öğreten kitaplara, sosyolojik araştırmalardan tarihe kadar her tür kitabı okuyup duruyordum. Elimize geçen para alçakgönüllü hayatımıza yetiyordu ama kitap almakta çok zorlanıyordum. Çünkü kitaplar çok pahalıydı.

Hep söylediğim gibi yılmıyorduk; karşımıza çıkan her engel bizi yepyeni yollara kavuşturuyor, yeni çözümler üretmemizi sağlıyordu.

Galiba benim hayat maceramı en iyi özetleyen durum, pasaportlarımın hikâyesi.

İsveç'te politik sığınma talebim kabul edildikten sonra bana soluk mavi bir pasaport verdiler. Birleşmiş Milletler'in en alt düzey mülteci pasaportuydu. Seyahat olanakları çok sınırlıydı ve sürekli kontrol ediliyordu.

Sonrasında, Türkiye'de 1974 affı ilan edildikten

sonra Stockholm'deki Türkiye Büyükelçiliği'ne başvurarak kendi adımla aldığım, lacivert TC pasaportu vardı.

1996 yılında Paris'te UNESCO merkezinde yapılan bir törenle büyükelçi ve genel direktör danışmanı olarak atandığımda ise Birleşmiş Milletler'in, genel sekreter imzası taşıyan en üst derece kırmızı pasaportunu aldım. Bu pasaport, uluslararası anlaşmalara göre bana dokunulmazlık ve kriz durumlarında öncelikli geçiş hakkı tanıyordu.

2002 yılında milletvekili seçildiğim zaman ise Türkiye Cumhuriyeti'nin kırmızı pasaportunu verdiler.

Avrupa Konseyi milletvekili olduğum zaman da o kurumun, üzerinde AB yıldızı taşıyan kimliğine sahip oldum.

Bu pasaportların hepsi aynı insana verildi. Ben o zaman da bendim, şimdi de benim. Birleşmiş Milletler'in her yerde denetlenen, insanı kuşkulu duruma sokan soluk mavi pasaportunu alan da aynı kişi, en üst düzey pasaportunu alan da. O zaman, aynı kişiye niçin farklı farklı statüler, farklı muameleler uygulanıyor?

İsveç'teki ilk aylarımda Güneş Karabuda benden bir film müziği istedi. Yaşar Kemal'in "Bebek" hikâyesini İsveç televizyonu için Cezayir'de çekmişlerdi ve jenerik müziğini benim yapabileceğimi düşünmüşlerdi. Epey uğraştım ama ortaya gerçekten de zevkli bir müzik çıktı. Çok kısaydı, sadece jenerikte duyuluyordu ama benim ilk film müziğimdi bu ve film müziğinden kazandığım ilk paraydı. Bunu 35 film müziği daha izleyecekti.

Bir süre sonra bir plak önerisi geldi. Oslo radyosunda yayınlanan programı duyan Belçika'daki Coodiff firması bir uzunçalar yapmamı istiyordu. Coodiff'i İnci ve Doğan Özgüden yönetiyordu. Plağı İsveç'te kaydedecektim. Europa Film stüdyolarından gün aldık ve ben hazırlanmaya başladım. İstanbul stüdyolarında başıma gelenin burada da tekrarlanmasından korkuyordum. Sesim kısılıyordu. Stüdyoya girip kaydı yapamayacaktım. Belki de en iyisi bu işe hiç girişmeden vazgeçmekti.

Sonra "Türkiye'yi hatırla," dedim kendi kendime. Gülümseyen insanını, karlı dağlarını, güneşli gökyüzünü, gözyaşlarını eşarbıyla silen anneleri, cesur kadınlarını, coşkulu delikanlılarını hatırladım.

Derken sazda birkaç akor denedim. Armoniler sanki üzerinde yürüyüp gideceğim yumuşak bir halı yayıyordu. Söylemeye başladım, içime bir sıcaklık yayıldı. Duyarlığın en uç noktasında duruyordum. Bir adım daha atsam uçurumdu sanki.

Söyledikçe bütün kaygılarımdan kurtuldum.

Sanki nasıl söylediğim ve sesimin nasıl çıktığı hiç önemli değildi. Bütün sorun, o sözü söyleyebilmekti. O anda sözü iletebilmekten daha önemli hiçbir şey yoktu.

Çok sonraları Tolstoy'da bu durumu anlatan ve saf müziğe varmanın yollarını gösteren bir bölüm buldum. Büyük yazar, *Savaş ve Barış*'ın ünlü av sahnesinin sonunda balalayka çalıp şarkı söyleyen mujiğin sanki sadece sözünü söylemek istermiş gibi davranmasını müziğin özüne varmanın bir yolu olarak anlatmıştı.

Farkında olmadan müziğin o en önemli noktasına, tekniğin ve aracıların ortadan kalktığı saf müziğe ulaşıyordum. Sanki önümdeki mikrofondan akıp manyetik bantlara sinyallenen ses, bir enstrüman ve hançereden değil, doğrudan doğruya yüreğimin vuruşlarından çıkıyordu.

Parçalar arka arkaya akıp gitti. Bir süre sonra her şeyin bittiğini fark ettim. Gözümü açtım. Bir saate yakın bir zaman geçmişti.

Ses geçirmez bölümde Ülker'in ağladığını gördüm. Biraz sonra yanıma geldi ve "Bugün yaptığın şey hiçbir zaman unutulmayacak!" dedi.

Bu sözleri bir kehanet gibiydi ama ben bir süre sonra bütün bunları unuttum. Plak Belçika'da *Chants Révolutionnaires Turcs* adıyla çıktı. Postayla bana da geldi. İmzalayıp eşe dosta verdim, sonra aklımdan çıkıp gitti. Bu arada plağın Türkiye'ye girişi yasaklanmıştı.

Aylar sonra Orta Doğu Teknik Üniversitesi'nde işletme okuyan kardeşim Ferhat bizi ziyarete geldi. "Abi, Ankara'da bütün öğrenciler senin türkülerinle yürüyor!" dedi. İnanamadım, düş görüyorum sandım. Öleceğim aklıma gelirdi de bu gelmezdi.

Ben plağın Belçika'da ve birkaç Avrupa ülkesinde çok az satılacağını ve unutulacağını düşünüyordum. Meğer Avrupa'daki Türk öğrencileri ve çalışanları, plağı kasetlere aktarıp Türkiye'ye götürmüşler, orada da herkes birbirinden çekmiş ve direnişin simgesine dönüşmüş.

Bütün bunlar benim için öyle uzak hayallerdi ki inanamıyordum. Ferhat'a tekrar tekrar anlattırıyordum. "Doğru söylüyorum," diyordu Ferhat, "yürüyüşlerde on binlerce kişi senin türkülerini söylüyor."

Stockholm'de kuyunun dibine atılmış bir taş gibi öylesine her şeyden uzak ve habersizdim ki, sesimin duyulmuş olduğuna bir türlü inanamıyordum.

İşte bu haber, hayatımda bir dönüm noktası oluşturdu.

Artık iyiden iyiye kendini duyuran Türkiye özlemi, kafamda yeni bir plak biçimlenmesine neden olmuştu.

Yurtdışına çıkan insan ilk şokları atlattıktan sonra derin bir özlem içine düşer. Ama bu özlem ülkesinin bugününe ve gündelik yaşamına değil, zaman içinde kavranılmasına yöneliktir. Uzaktan seyrettiğiniz ülkeniz dünü ve yarınıyla var olur kafanızda. Oysa o sırada ülkede yaşamakta olan insanlar için en önemli boyut bugündür.

1974 baharında, Paris'teki Avant Garde şenliğine davet edildim; benim ilk uluslararası konserimdi.

Otuz binden fazla insan çimenlerin üstüne yayılmıştı ve parkın her köşesi bir bayram şenliğini andırıyordu. Sahnede yer alan sanatçılar, birbiri ardına kendi ülkelerinin en etkili ezgilerini, en vurucu sözlerini seslendiriyorlardı.

Bana akşamüstü sıra geldi. Ünlü Blood, Sweat and Tears grubundan önce sahneye çıkacaktım. İlk kez böyle bir kalabalığın önünde çalıyordum. Nâzım, Hiroşima, Pir Sultan derken sazın sesi parkın üzerinden aktı gitti, insanlar dinlediler ama ben sahneden çok da mutlu ayrılmadım. Çünkü bizim için çok önemli olan sözleri anlamalarına imkân yoktu. Saz da tek başına gerekli etkiyi yaratamıyordu.

Hele biraz sonra Blood, Sweat and Tears grubu gök gürültüsü gibi gürleyince, bu geleneksel tarzı değiştirmenin şart olduğunu anladım. Çok boynu bükük ve zayıf kalıyorduk. Bizim de ritim ve armoni ögeleriyle güçlendirilmiş bir orkestrasyona kavuşmamız gerekliydi. Şili grupları yerel çalgılarını, gitarla, basla, davulla bütünlemişlerdi. Yunan grupları buzukilerini, tabanca gibi orkestraların önüne koyuyorlardı.

Oysa biz tıngır tıngır bir saz eşliğinde şiir söylüyorduk. O gün Paris'teki parkta rock gruplarının müziğini dinleyerek dolaşırken, kafamda müzikal bir yapı şekillendi. Ne pahasına olursa olsun halk çalgılarının kullanıldığı armonik ve ritmik bir üslup yaratacaktım.

Daha önce Anadolu rock akımı, bu müzikal formun içine sazı yerleştirmişti ama bu iş, gitarcıların saz çalması ve popçuların halk müziğine bakışı biçimindeydi. Oysa yapılması gereken, halk müziğinin özünü ve vurucu yanını ortaya çıkarmak ve halk çalgılarının bütün ustalıklarıyla sergilenmesine izin vermekti.

Ayrıca müzik geleneğimize dayalı yeni, modern şarkılar, şansonlar, baladlar yaratmalıydık. Bunlar modern şiirin en yetkin örneklerini sunmalıydı.

O gün benimsediğim bu anlayış, beni kendi ülkemde ve dünyada önemli kitlelerle buluşmaya götürdü.

1999 yılında İtalya'dan gelen bir mektubu okurken bir kez daha hatırlayacaktım bunu. Çünkü mektup, her yıl düzenlenen "San Remo En İyi Şarkı Yazarı" ödülünün bana verildiğini bildiriyordu. Onlara yazıp bu ödülü daha önce kimlerin kazandığını sordum. Gelen cevap, jürinin beni olmak istediğim yere oturttuğunun kanıtı gibiydi: Bob Dylan, Leonard Cohen, Jacques Brel, Léo Ferré gibi şair şarkı yazarlarına verilmişti bu ödül benden önce. San Remo'da Ariston Tiyatrosu'nda verdiğimiz bir konser ve coşkulu ödül töreni Anadolu'nun kadim saz geleneğiyle başlayan bir yolculuğun son durağı gibi bir etki bıraktı üzerimde.

Bundan bir yıl sonra, 2000 yılında Paris'te bir "Millenium Konseri" düzenlenmişti. Çeşitli uluslardan birçok sanatçı katılıyordu konsere. Montserrat Caballé'den Lionel Richie'ye kadar uzanan bu sanatçıların her birine beş dakika süre verilmişti. Benim de beş dakikam vardı. Herkese Moskova Senfoni Orkestrası eşlik edecekti. Orkestrayı Zubin Mehta yönetiyordu. Ben İstanbul'dan kanun üstadı Halil Karaduman'ı da birlikte götürmüştüm. Prova sırası bize gelince Zubin Mehta'ya "Maestro," dedim, "izin verirseniz bizim bölümde kanunun da eşlik etmesini istiyorum." Zaten onca sanatçıyla prova yapmak zorunda kalan Mehta, Halil'in elindeki kanunun tellerine umutsuzca baktı ve "Ravi Şankar'la bir konser yönetmiştim. Sitarı akort etmesi bile bir gün sürmüştü," dedi. "Göreceksiniz ki öyle olmayacak maestro," dedim.

Benim ısrarım üzerine izin verdi. Halil, Moskova Senfoni Orkestrası'nın önünde yerini aldı. Daha sonra provaya geçildi. Halil'in kanunu, şefe ve orkestraya hiç güçlük çıkarmıyor, tam tersine şırıl şırıl akan bir su gibi onları peşinden sürüklüyordu. İlk provalarda normal sayılacak hataları bile örtüyordu. Zubin Mehta bu işten pek memnun kaldı, provadan sonra sohbet ederken kanun hakkında bilgi istedi. "*Othello* operasında mandolin yerine bu çalgıyı kullanacağım artık," diyordu. "Zaten konu da Kıbrıs'ta geçmiyor mu?"

Bazı çalgıları küçük gören aydın hastalığı, Cumhuriyet'in ilk dönemlerinde de görüldü. Aynı isterik tutum Yunanistan'da da yaşandı. Orada da bir dönemler "buzuki" çalgısı yasaklandı. Oysa sazın "bozuk düzen" akordundan kaynaklanan ve adını bile bu akort sisteminden alan "buzuki"nin adi ya da gelişmiş oluşu, onu kullanan besteciye bağlıydı. Mikis Theodorakis, Manos Hacıdakis gibi besteciler yasaklanan bu çalgıdan bir dünya müziği çıkarmayı bildiler.

Bu bitmez bir kavgaydı. Döneminde Mozart bile, adi şarkılar yazmakla suçlanmamış mıydı? Şarkılarının sarayların yanı sıra sokak meyhanelerinde söyleniyor oluşu, hele "saraydan kız kaçırma" gibi "banal ve arabesk" konuları işlemesi, onu Viyana aristokratları ve özellikle kıskanç rakiplerinin gözünde "adi bir halk müzisyeni" kılıyordu.

Sonuçta bağlamayı küçümseyen elitist aydın bakışına karşı çıkışım tüm kültürlere aynı mesafede durmamı, Doğu ve Batı müziğini sentezlememi sağlamıştı; tek sazla söylenen türkülerimiz artık orkestralarla söyleniyordu.

Leylim Ley

Döndüm daldan düşen kuru yaprağa
Seher yeli dağıt beni kır beni
Götür tozlarımı burdan uzağa
Yarin çıplak ayağına sür beni

Ayın şavkı vurur sazım üstüne
Söz söyleyen yoktur sözüm üstüne
Gel ey hilal kaşlım dizim üstüne
Ay bir yandan sen bir yandan sar beni

Yedi yıldır uğramadım yurduma
Dert ortağı aramadım derdime
Geleceksen bir gün düşüp ardıma
Kula değil yüreğine sor beni

Sabahattin Ali

Sanatın Sınırsızlığında

Stockholm'de Ülker yabancıların gittiği okulda İsveççe öğretmeni olarak çalışıyor ve eline geçen dört bin kronla evi geçindiriyordu. Aylin okulda rahattı. Ben ise müzik çalışmak, kitap yazmak dışında hiçbir işle ilgilenmiyordum.

Ne olursa olsun hayatımı sanatla kazanacaktım. Bunun dışında hiçbir iş yapmamaya kararlıydım. Bu sözümü de tuttum ve en güç zamanlarımızda bile sanat dışındaki dünyaya kapattım kapılarımı. Hayatımda hiçbir zaman umut etmekten ve çabalamaktan vazgeçmedim; en acı çektiğim, en yılmak üzere olduğum zamanlarda bile sanatı, kitapları, mizahı hep koltuk değneği yapıp kalktım ayağa.

1976 yılına geldiğimizde güzel bir haber aldım, Tunç Okan İsveç'te, *Otobüs* adlı bir öyküyü sinema diliyle anlatmayı deneyecekti. Filmin müziğini bana önerdiler. Senaryoyu okudum, evimdeki film montajı ve film müziği üzerindeki tüm ders kitaplarını tekrar gözden geçirdim ve birkaç ana tema besteledim. Bu temaları çaldığımda Tunç bir tanesini çok beğendi ve film müziği olarak seçti. Kayıt, İsviçre'de Bern yakınlarındaki Schwartz Film stüdyolarında yapılacaktı. Böylece yanıma flütçü arkadaşım Hasse'yi de alıp İsviçre'ye gittim. Orada on güne yakın kaldık ve büyük ekranda oynayan filme bakarak kayıtlarımızı tamamladık. *Otobüs,* benim ilk uzun metraj film müziğimdi. *Yol, Sürü, Yılanı Öldürseler* filmlerinin müzikleri de çok yakında peş peşe gelecekti.

Özellikle, *Yol* ve *Sürü* filmi müziklerinin öyle yaygın ve uzun dönemli etkileri oldu ki, 1987 Aralık ayında *Yer Demir Gök Bakır* filmimin galası için gittiğim Tokyo'da *Monitör* dergisi muhabiri benimle röportaj yaparken şöyle ilginç bir soru yöneltti: "Sizin film müzikleriniz Yugoslav müzikçilerini de çok etkilemişti. Ne diyorsunuz?"

Türkiye'de plağımı duymayan bazı kişiler de ismimi *Otobüs* filminin jeneriğindeki "Ömer Zülfü" adından duydular. Bu çalışma, İsviçre'de ve Türkiye'de uzunçalar olarak da yayımlandı.

1975 yılında Alman WDR televizyonu bir film müziği önerdi. Böylece, müzikle hayatımı kazanır hale gelmiştim. İsveç televizyonuna, Berlin'deki birtakım TV kanallarına film müziği yapıp duruyordum. Bu arada Göteborg Şehir Tiyatrosu, Yaşar Kemal'in *Teneke*'sini sahneye koydu. Sven Volter'in yönettiği bu oyunun müziği de bana aitti. Oyunun ilk gecesi hepimiz Göteborg'daydık.

Gala, müthiş bir zafere dönüştü ve İsveçliler fuayede Yaşar Kemal'i altı okka yapıp havalara attılar. Zaten o sıralarda Yaşar Kemal İskandinavya'da çok meşhurdu. Sveavagen ya da Kungsgatan caddelerinde yürürken, İsveçliler durdurup imza istiyorlardı. Kitapları da en çok satanlar listesinin başındaydı.

Film müzikleri ve üç plakla birlikte profesyonel müzisyen olmuştum. Ama ilk göz ağrım olan ve hiçbir zaman vazgeçmediğim yazma tutkusu ağır basıyordu. Her gün hikâyeler yazıyor, "Düzen Düşkünü Bir Anarşist" adını verdiğim bir roman üzerinde çalışıyordum. Bu romanı beş kez yazdım. Ancak 2001 yılında yayımlayabildiğimde adı *Bir Kedi, Bir Adam, Bir Ölüm* olmuştu. Roman Yunus Nadi Ödülü kazandı. O dönemde yazdığım hikâyeler de *Arafat'ta Bir Çocuk* adıyla yayımlandı. Almancaya çevrildi ve içindeki "Arafat'ta Bir Çocuk" adlı hikâye, İsveç televizyonu ve Alman ZDF tarafından film yapıldı; isim Yaşar Kemal'e aitti. Halk arasında "araf"a "Arafat" denilmesinden doğan bir hoşluk söz konusuydu. Onun kitaplarında çokça rastlanan "ölmez otu", "perişanlık oldum" gibi sözlerden biriydi. İleride ben de Yaşar Kemal'in bazı kitaplarının ismine katkıda bulunacaktım.

Rahat çalışabilmek için oturduğumuz semtte bir öğrenci odası tutmuştum. O odaya kapanıyor ve sigara dumanları arasında Facit marka daktilomla saatlerce yazıyordum. Yazdıklarımın iyi olup olmadığını bilemiyordum, kuşkular içindeydim.

Keşke o sıralarda bir edebiyat meleği odama inseydi ve romanın sırlarını keşfetmeye çalışan, kendine hiç güvenmeyen bu ölümlüye, "Sakın yılma evladım! Bu çabalarının sonucunu alacaksın. Hem de yalnız kendi ülkende değil," diye cesaret verebilseydi. Herhalde daha bir güvenle dolaşırdı parmaklarım daktilo tuşlarının üstünde ama ne yazık ki sanatla uğraşan kişilere kimse böyle bir güvence vermez.

Siz boş bir kâğıtla ya da notalarla baş başa kalırsınız. Yetenekli olup olmadığınızı bile kavrayamazsınız. Bazen bir başyapıt yarattığınıza inanırsınız, bir sonraki an beş para etmez bir iş çıkardığınıza. Gelecek ise geçmiş gibi loş bir galeri değil, hiçbir şeyi göremediğiniz kopkoyu bir karanlıktır.

İçimden güçlü bir ses Türkiye'ye dönmem gerektiğini söylüyordu; yerim orasıydı. İsveç'te geçireceğim her gün kayıptı benim için. Başlardaki rahatlama ve güven duygusu, yerini yakıcı bir özleme bırakmıştı.

İlk aylarda çok parlak gelen İsveç sistemindeki aksaklıkları görüyordum. İnsan ilişkileri sakattı.

Garip bir yabancılaşma yaşanıyordu.

İsveçliler yoğun bir propagandayla dünyanın en

mutlu, en sağlıklı, en yakışıklı ve uygar ulusu olduklarına inandırılmışlardı. Hiç sorgulanmayan bir gerçekti bu. İki kanallı televizyonda reklam yasaktı. Akşam saat on ya da on buçukta kapanan bu sıkıcı televizyonda Afrika, Asya, Ortadoğu ülkeleri gösterilir, oradaki yoksulluk ve politik kargaşa işlenirdi. Böylece İsveçli, ne kadar rahat bir toplumda yaşadığını bir kez daha görmüş oluyordu.

Giderek korkunç bir Türkiye özlemi kapladı beni. Her şeyi özlüyordum. İstanbul'dan gelen gazeteleri okudukça, olayların dışında kalmış olmak duygusu içimi burkuyordu. Sanki bir trenin bol ışıklı lokantasında otururken birdenbire dışarı itilmiş ve karanlık bozkıra düşmüştüm. Gittikçe uzaklaşan cıvıl cıvıl trenin ışıklarını izliyordum.

Sanatımın, varlığımın, müziğimin ve edebiyatımın kökleri oradaydı. Ben oraya aittim.

"Dönelim!" diye tutturdum.

Plaklarım satılıyor, hakkımda yazılar çıkıyordu ama daha dinleyicilerimle ve okurlarla karşılaşmamış, yüz yüze gelmemiştim. Bu düşüncelerle Türkiye'ye gitmeye, durumu görmeye karar verdim. Aklıma bin bir şey geliyordu. Havaalanında sorgulanabilirdim ya da en azından, bir daha çıkarmayabilirlerdi. Hazırlıksız bir anda Türkiye'de kalakalırdım.

Yine de bunları göze almak gerekiyordu.

Bu düşüncelerle uçağa bindim ve gergin, heyecanlı bir yolculuktan sonra Atatürk Havaalanı'na indim. Yaşar Kemal ve Thilda beni bekliyordu. Onlar da çok heyecanlıydı. Hele Thilda, gelmeme çok karşı çıkıyor, benim için korkuyordu. Yaşar Kemal ise "Korkunun ecele faydası yok. Burası senin ülken. Nasıl olsa geleceksin," diyordu.

İstanbul benzin ve toz kokuyordu. Caddeler kör ışıklarla aydınlatılıyordu. Arabalar köhneydi ama her şey bana cennet gibi görünüyordu. Sokaktaki çamuru bile özlediğimi fark ettim.

Yıllar sonra ülkemdeydim.

O yıllarda müzik yaşamımdaki en önemli olay, Maria Farandouri'nin benden besteler istemesiydi. Atina'da bir Noel gecesi plağımı dinlemişti ve iki şarkımı repertuvarına alarak konserlerde seslendirmeye başlamıştı. Şimdi de Nâzım Hikmet'ten bestem olup olmadığını soruyordu.

Uzun zamandır Nâzım'dan besteler yapmak istiyordum. Çünkü Yves Montand'ın, Pete Seeger'in, Paul Robson'un Nâzım şiirleri üzerine yaptığı şarkıları dinlemiş, Finlandiya'da onun şiirleri üzerine yapılmış bir uzunçalar bulmuştum. Türkiye'de kendi dilinde ise Nâzım şarkılarından oluşan bir albüm yoktu. Bu bana ayıp geliyordu. Ruhi Su, Nâzım üzerinde çalışmıştı ama onun söylediği parçaların çoğu şarkı formunda değil, müzik üzerine okunan şiir niteliğindeydi.

Müthiş bir coşkuyla Nâzım şiirleri üzerinde çalışmaya koyuldum. Bir süre sonra anladım ki çok zor bir işe girişmişim. Çünkü Nâzım'ın şiirleri halk şiiri formunda yazılmamıştı. Hatta çoğu şarkı biçiminde de değildi ve serbest ölçülü şiirlerdi. Ayrıca duygusal olarak da ne halk müziğiyle çakışıyorlardı ne de alaturkayla. Yine de bütün bu dallardan etkiler vardı.

Sonunda kafamdaki bütün etkileri silerek sadece şiirin müziğini duymaya çalıştım. En doğrusu balad kalıpları kullanmaktı. Her gün evin yanındaki karlı ormana gidiyor ve saatlerce yürüyüp düşünüyordum. Kafamda uçuşan melodileri kâğıda geçirdikçe, beğenmeyip yırtıyordum. Bu durum geceleri rüyalarıma girmeye başlamıştı. Sabaha kadar ölçülerle, makamlarla uğraşıyor ve şiirlere yakışacak motifleri seçmeye çalışıyordum.

En önemlisi bir tarz yakalamaktı. Gereken rayları bir döşesem, tren rahatça akıp gidecekti üstünden. Bir tek şarkı bestelemek ile yirmi şarkı yapmak arasında çok büyük fark yoktu. Biçimi bulmam gerekiyordu.

Bir gece sabaha kadar melodilerle boğuştum. Yatakta oradan oraya attım kendimi, gözümü kırpmadım. Sabah kalkar kalkmaz sazı aldım, birkaç kez kendi kendime araştırdım. Sonra Ülker'e, "Bak, sana bir şey çalacağım," dedim. Sabahın köründe bu istek tuhafına gitti ama benim bu tip gariplikleri̇me alışmış olduğu için bir şey demedi, dinlemeye başladı.

Bitirince, "Gerçekten çok güzel," dedi. "Hadi bir daha çal." Ve ben tekrar söylemeye koyuldum:

Karlı kayın ormanında
Yürüyorum geceleyin

Bu ilk şarkıdan sonrası çorap söküğü gibi geldi ve her yaptığım şarkıyı Maria Farandouri'ye gönderdim. Ben de *Nâzım Türküsü* adını vereceğim uzunçalar için şarkılar besteliyordum. Bir yandan da bir kitap oluşturacak kadar hikâyem birikmişti.

Yaşar Kemal hikâyelerimi çok beğeniyor, Thilda dilimi göklere çıkarıyordu. Verimli ve yaratıcı bir dönemdeydim.

Yıllar yıllar sonra, büyük ustalar Nâzım Hikmet ve Yaşar Kemal ile heykellerimiz dikilecek, ben gözlerime inanamayacaktım. İlki Çankaya'daki, içinde yüzlerce gençle sanat atölyeleri yapılan Zülfü Livaneli Kültür Merkezi'nin önünde Nâzım Hikmet ile, ikincisi de Sarıyer Yaşar Kemal Kültür Merkezi'nde Yaşar Kemal ile.

Şimdilerde mutluluğum daha da artıyor, çünkü çiçeğe durmuş bir ağaç gibi bu merkezler hızla çoğalıyor; Büyükçekmece'de, Beylikdüzü'nde, Livaneli Özgürlük Parkı ve Kültür Merkezleri açılıyor.

İnanıyorum ki, rüzgârınız yaşlanmazsa bir ömür boyu, hep bambaşka topraklara, ağaçlara ulaşıp çiçek açtırabilirsiniz. Eminim, o kültür merkezlerinde nice Nâzım Hikmet'ler, Yaşar Kemal'ler, müzisyenler, dansçılar, sinemacılar, edebiyatçılar, ressamlar ve genç rüzgârlar yetişecek.

Gerçek sanatçılar yerli kültürü uluslararası bir düzeye taşıyıp, zenginleştirip nesiller ötesine taşıma gücüne sahipken ne yazık ki bizde oldum olası politika sanata gerçek desteği verememiş, tam tersine köstek olmuştur. Politikayla uğraşanlar sanatçıları ikiye ayırmış; kimini sadece eğlence kategorisine sokmuş, politik tavırları olan sanatçıları ise kendi propaganda malzemesi olarak kullanmak istemiştir. Bu yüzden her şiir bir manifesto, her şarkı bir bildiri, her roman bir politik analiz sanılmıştır.

Belçika'da yayınlanan ilk plağımda, zulüm görmüş öğrencilerin ağıtlarını dile getirmem beni de böyle bir politik tartışmanın içine sokmuştu. Kimi örgütler bana sahip çıkıyor, kimileri de dışlıyordu.

Oysa benim hiçbir örgütle ya da partiyle ilişkim yoktu. Bağımsız bir sanatçıydım. Ne Türkiye'de ne de dışarıda, içlerinden hiç kimseyi tanımamıştım.

Stockholm'deki solcuların bir kısmıyla da aram pek iyi değildi. Yaşama biçimim, ailem, sanat tutkum onlara uymuyordu.

İlkgençlik yıllarımdan başlamak üzere kaba ve saldırgan kesimler hep tepkimi çekti.

İnsan ilişkilerinde incelikler arıyordum. Sanatsal tatlar benim için yaşamın vazgeçilmez öğeleriydi. Müziksiz, şiirsiz, romansız, resimsiz yaşam mümkün değildi. Bu yaşama biçimi ve değerler sistemi beni birçok solcudan ayırıyordu. Sanatçı olmama rağmen "bohem" yaşamı da sevmiyordum. Bu yüzden görenler beni sanatçıdan çok, düzenli bir öğrenciye benzetiyordu.

Yıllar sonra Paris'te UNESCO merkezindeki bir kokteylde, *Yol* filminin bestecisi olduğum söylenince bir Fransız kadın inanmamış, "Hayır olamaz, hiç öyle birine benzemiyor," demişti.

Ömrüm boyunca benzer tepkiyle çok karşılaştım. Gençliğim sol muhalefet çizgisinin sert mücadelelerinde geçmişti ama hiç de "devrim yapacak bir gerilla"ya benzemiyordum.

Daha sonra da yüz binlerce kişiye konser verirken ve milyonlarca kasetim dinlenirken de "star"a benzemedim. Yaşlanıyorum ama iç dünyam lisedeki halimden pek farklılaşmadı.

Herkes müzikteki tavrımdan çıkardığı kişilikler yakıştırmıştı bana. Herkesin, kendi yarattığı bir Livaneli'si vardı.

Yıllar geçtikçe bu önyargılar yüzünden çok canım yandı. Çünkü birçok kişinin kafasındaki "Zülfü Livaneli" imgesi, benimle çakışmıyordu. Bu yüzden aşırı bir değişiklik içinde olduğumu düşünüyorlardı.

Bazı kişiler beni ilkin okuma yazma bilmeyen bir âşık olarak duymuş ve plağımı dinledikçe buna inanamamışlardı. Çünkü plaktaki söyleyiş bir âşığınkine benzemiyordu. Türkiye'deki bazı çevrelere göre bir gerilla, bazılarına göreyse bir savcıydım.

Ben ise bütün bu söylentilerden habersiz Stockholm'deki küçük evde sakin bir yaşam sürüyor, durmadan yazıyor, beste yapıyordum.

Aslında benim yaşam boyu çektiğim bu sıkıntıyı pek çok sanatçı, yazar, aydın da çekmiştir. Onların yaşamlarını okudukça ya da birebir tanık oldukça, onlardan güç aldım ve beni aşağı çekmeye çalışanlara kulaklarımı tıkamayı öğrendim.

Örneğin, Yunanlı yazar, şair, siyasetçi ve filozof Kazancakis. Yanlış gördüğü her şeye karşı çıkmış, gerçek düşüncesini söylediği için de ne yönetim sevmiş onu, ne muhalefet ne de örgütler. Böylece aşiret aşiret bölünmüş bir düşünce ortamında yapayalnız kalmış Kazancakis. Hiçbir takıma girmemiş, kafasını kimseye kiraya vermemiş.

20. yüzyılın birçok aydını aynı kaderi paylaştı. Bu insanlar hem iktidarların zulmettiği hem de muhalefetten darbe yiyen aydınlar; elleri hamur ama karınları aç. Bunlardan biri de Heinrich Böll. Okuyucularından başka kimse sevmemiş yazarı. Katolik olmasına rağmen kilise vergisine, kilisenin üstünlük kazanmasına karşı çıktığından kilise tarafından aforoz edilmiş. Sağa karşı olduğu için Strauss en ağır sövgülerle saldırmış ona. 20. yüzyılda hâlâ zihinsel mağaralarında yaşayan ilkel sürüler, evini yakmış Böll'ün. Sol grup ve partilerin çoğu da kendi

çizgilerinde olmadığı için ona adamakıllı yüklenmişler. Böll de bütün bunlara, gittikçe aşağı doğru çekilen acılı yüz hatları ve hüzünlü gözleriyle tanıklık etmiş.

Aynı kaderi paylaşan bir başka aydın Antonio Gramsci. Mussolini'nin yükselişine karşı önerdiği tedbirler kulak ardı edilmiş. Yüzyılın en önemli buluşlarından biri olan, faşizmin tarihte ilk kez küçük burjuvaziyi örgütleme yöntemini bulduğu tezi, üzerinde bile durulmadan unutulmuş. Buna karşılık Mussolini kendisine karşı olan bu en önemli beyni, şaşmaz bir biçimde saptayıp yok etmiş.

1978 başında Türkiye'ye döndük. Ve *Nâzım Türküsü* plağım çıktı. Nâzım'ı büyük bir orkestra eşliğinde yorumlamam, ritmik ve armonik bir tavır sergilemem, böyle bir müziğe alışık olmayan sol aydınları afallatmış ve kızdırmıştı.

Tam aydınlar iyice bunaltırken dinleyici imdada yetişti ve *Nâzım Türküsü*, plak satış listelerinin başına yerleşti. Aylarca 1 numaradan inmeyecekti.

Nâzım Hikmet'in kız kardeşi Samiye Yaltırım benimle görüşmek istedi, buluştuk. Nâzım'ın birçok akrabası toplanmıştı evde. Hepsi de bu "yeni müzisyen"le tanışmak istiyordu. Samiye Hanım besteleri çok beğenmişti; mavi gözleri pırıldıyordu, durup durup, "Ah işte tam kardeşim, tam kardeşim.

Keşke kendisi de duyabilseydi," diyordu.

Abidin Dino'dan gelen bir mektup ise tek kelimeyle müthişti: "Plağını dinledik!" diye heyecanla yazıyordu. "Güzin'le birlikte, bu plağın Türk müziğinde bir aşama olduğuna inanıyoruz."

Ve mektup şöyle bitiyordu: "Ben mutluluğun resmini yapabildim mi bilmem Nâzım. Pek emin değilim. Ama Zülfü müziğinde mutluluğu ha yakaladı ha yakalayacak."

Bu büyük ustadan gelen mektup, sürgünden yeni dönmüş, çarmıha gerilmek istenen genç müzisyenin belki de hayatını kurtarmıştı.

Bu hızla bir başka albüm hazırlığına giriştim. Ülkü Tamer, Nâzım Hikmet, Refik Durbaş, Ahmet Arif gibi şairlerin şiirlerini besteliyor ve kendi şarkı sözlerimi yazıyordum. İran'da şah devrilmişti. O günlerin coşkusunu yansıtan bir parça yazmıştım. Sözler İran halkına övgüyle doluydu ama sonu şöyle bitiyordu: "Bir ağaç çiçeğe durdu / Kanından rengini verdi / Deli poyraz vurduğunda / Donmasa çiçekleri." Şiirin sonuna bir çekince koymadan geçememiştim. Bir arkadaşım bunu fark etti; "Eğer ilerde İran'da işler umduğumuz gibi gitmezse seni bu dize kurtaracak," diyordu. Dediği gibi de oldu.

Daha önce müziğini yapmış olduğum *Otobüs* filminin gösterimi, Türkiye'ye döndüğüm zamana rastladı. Film büyük ilgi uyandırmış ve müziği övgü toplamıştı. Bunun üzerine İstanbul'da da film müziği önerileri gelmeye başladı. Bunlardan ilki Arif Keskiner'in yapımcılığını üstlendiği bir Yavuz Özkan filmiydi. Tarık Akan ve Cüneyt Arkın'ı bir araya getiren film, *Maden* adını taşıyordu. Film için iyi bir ana melodi bestelemiştim ama İstanbul'daki müzik çevrelerini yeterince tanımıyor oluşum yüzünden çok başarılı olmadı bu. Melodiyi yeterince işleyemedim. İstanbul'da yaptığım bir film müziğinin büyük ilgi toplaması birkaç ay sonra gerçekleşecekti.

Bir gün Ali Özgentürk, İzmit Cezaevi'nde yatan Yılmaz Güney'in benimle görüşmek istediğini söyledi. Yılmaz'la hiç yüz yüze gelmemiştik. Hapisteki yönetmen bir senaryo yazmıştı. Bu konuyu Güney Filmcilik adına film yapmak için dost bir çevre kolları sıvamıştı. Kimse para almayacak ve büyük bir özveriyle ortaya bir film çıkaracaktı. Yılmaz'ın beni görmek istemesini de bu filmin müziğiyle ilişkilendiriyordum. Yanılmışım.

Yılmaz'la kırk yıllık dostlar gibi sohbet ettik.

Yılmaz bana bir öneride bulunacağını söyledi. Sözünü kesip film için benim de elimden geleni yapacağımı ve müziği hiç merak etmemesini söyledim ama o, filmde oynamamı istiyordu. Öylesine şaşırdım ki, önce ne diyeceğimi bilemedim. Oyuncu değildim, böyle bir öneriyi kabul etmeme de imkân yoktu. Oysa Yılmaz ısrar ediyor ve "Sen gene de bir düşün," diyordu.

"Oyuncu değilim. Nasıl oynarım?" diyordum.

"Bir şey oynamana gerek yok. Ben o rolü senin için yazdım," diye üsteliyordu. Boynunu büküp bakıyordu sonra da.

"Gerçekten de biraz düşüneyim," dedim ve yanından ayrıldık.

Bu teklifi nasıl reddedeceğimi düşünürken aklıma bir fikir geldi.

Yılmaz'a bir kez daha gidip yeni bir plak yaptığımı söyleyecek ve onun da bir türkü okumasını isteyecektim. Hapishaneye bir kayıt cihazı götürerek o buluştuğumuz odada bir kayıt yapabilirdim ama Yılmaz bu isteğimi nasıl olsa geri çevirecekti.

Gerçekten de, "Ben türkücü değilim ki," dedi, "nasıl okurum?"

"İşte," dedim, "aynı şey benim için de söz konusu. Ben oyuncu değilim. Lütfen anla... Çok zor durumda kaldım."

Neyse ki fazla ısrar etmedi ve oyunculuk macerası böylece unutuldu. Benim için yazdığı rolü de anlatmıştı. Filmdeki tren yolculuğunda bir ara iki jandarmanın tutukladığı bir ozana rastlayacaktık. Elinde sazı olacaktı ve trenden inerken devrimci türküler söyleyecek ve bütün treni ayağa kaldıracaktı.

Sürü'nün ilk gösterimi Acar Film stüdyosunda yapıldı. Üç beş kişiydik. Yönetmen Zeki Ökten, yardımcısı Ali Özgentürk, Melike Demirağ, Şanar Yurdatapan, Fatoş Güney, Ülker ve ben... Filmin sonu geldi, ışıklar yandı. Ortalığa derin bir sessizlik çöktü. Yaratıcılar gerek kendi yaptıkları işle ilgili konuşmama alışkanlığından, gerekse hapisteki Yılmaz Güney otoritesinden çekindikleri için sessizliği yeğliyorlar, filmle ilgili bir yorumda bulunmuyorlardı.

"Bu bir başyapıt!" dedim. "Hem Türkiye'de hem dünyada büyük ilgi uyandıracak. Göreceksiniz."

Bu cesaretli öngörü doğrulandı ve *Sürü*, en önemli filmlerden biri olarak Türk sinema tarihinde yerini aldı. O yıl sinema ödüllerinin tümünü *Sürü*'ye emeği geçenler olarak bizler aldık. 1978 yılında Açık Hava Tiyatrosu'nda sinema yazarlarının verdiği "En İyi Film Müziği" ödülünü alkışlar arasında alırken, sürgün döneminin tümüyle bitmiş olduğunu düşünüyordum.

Sürü'yü hâlâ, Türkiye'deki en belirgin sanatçı dayanışması olarak, büyük bir sevinçle anarım. Projenin gerisinde, hesapsız kitapsız bir dayanışma ve özveri ruhu vardı ve bu ruh filme geçti.

Birbirini yemeyi ve küçük hesaplar içinde çırpınmayı bırakabilen bir sanatçı grubunun neler yapabileceğinin örneği verilmişti.

Umarım böylesi dayanışmalar yaşamınızın her alanında olur. Çünkü mutluluklar artıyor, acılar azalıyor, yalnızlıklar yok oluyor, sanat büyüyor, fikirler çeşitleniyor, hayat güzelleşiyor böylece.

Stockholm yıllarında uzaktan tanıştığımız ve hiç yüz yüze gelmediğimiz Maria Farandouri'yle 1979'da Almanya'da karşılaştık ve uzun bir konuşma yaptık. O konuşmanın ne kadar önemli olduğu daha sonraki yıllarda ortaya çıktı. Yıllarca sürecek bir işbirliğinin ve dostluğun sağlam temelleri atılıyordu. Maria bir süre sonra İstanbul'a geleceğini söyledi.

Sinematek Derneği 15. kuruluş yıldönümü için bir konser düzenlemiş ve Maria Farandouri'yi davet etmişti. Bir iki ay sonra geldiğinde birlikte yemekler yedik, grubunu bizim eve davet ettik ve Şan Tiyatrosu'ndaki konserde benim parçaları birlikte söyledik. Sahnedeki birliktelik seyircinin çok hoşuna gitmişti. Ertesi gün olay Türk basınında olumlu biçimde yankılandı. Türk-Yunan dostluk ilişkilerinin tabu sayıldığı bir dönemden söz ediyorum.

Maria Türkiye'den çok memnun ayrıldı ve hemen arkasından da beni arayarak Atina'ya davet etti. Atina Yaz Festivali yapılıyordu, onun vereceği iki konsere konuk sanatçı olarak katılmam, Yunan seyircisiyle tanışmak bakımından çok önemliydi. Kabul ettim ve Atina'ya gittim. Havaalanından şehre giden bütün yollar konserin afişleriyle doluydu. Yunanca afişlerde benim de adımın yazılı olduğunu bir süre sonra anlayabildim.

Tıklım tıklım dolu tiyatroda konser başladı ve bir süre sonra Maria Farandouri bir konuşma yaparak beni çağırdı. Ortalık alkıştan inliyordu. Sıcak bir Atina gecesinde şarkılarımı söylemeye başladım. Sesimin yükseldiği gökyüzü yabancı değildi, heyecanlı bir deney yaşadığımın bilincindeydim. İlk şarkı bittiğinde birdenbire patlayan alkışlar ve seyircinin müthiş ilgisi, bir dostluk zaferi kazandığımızı gösteriyordu. Ama en büyük tezahürat Theodorakis'in bir parçasını Yunanca okuduğum zaman patladı. Zeybek ritmindeki "Marmara" şarkısını söylerken karşımdaki kitle heyecandan kendini kaybetmişti.

Aynı duygu bir süre sonra, Maria Farandouri şarkılarımı Türkçe söylediğinde Türkiye'de de yaşanacaktı. Maria, "Karlı kayın ormanında" diye başladığında, Efes Antik Tiyatrosu sarsılacak ve otuz bin kişinin çığlığı Ege göğüne yükselecekti.

Konserden sonra insanlar soyunma odama hücum etti. Herkes "Turco"yu görmek istiyordu. Maria'nın kocası Telemakhos her zaman, "Yunanistan'da bir gecede meşhur oldun!" der.

Odama gelenler arasında yüksek bir rahip vardı. Konser sırasında da herkesin ona büyük saygı gösterdiğini izlemiştim. "Çok acı çekmiş bu iki halk için öyle önemli bir şey yapıyorsunuz ki," dedi, "tarihimizde yer tutacak. Sizin için ömrüm boyunca dua edeceğim."

Başka bir zaman başka bir yer... ama duygu aynı. Alman ZDF TV ekibi Girit'te "Aspekte" programı için izliyordu bizi. Maria ve benimle konuşmalar yaptılar. Orada Xsiloris Tiyatrosu'ndaki konser sırasında halkla da konuşmalar yapmış TV ekibi. 81 yaşında, yöresel giysiler içinde, saçı sakalı pamuk gibi, dimdik bir ihtiyarla şöyle bir konuşma geçmiş aralarında:

"Bu akşam niye geldin buraya?"

"Turko var diye."

"Çok mu seversin Türkleri?"

"Hayır, ben çarpıştım onlarla. Birbirimizin ailelerini öldürdük."

"Peki niye geldin o zaman?"

"İki sebepten. Birincisi, Türkler çok güzel şarkı söyler, ikincisi de..."

Burada biraz duraklıyor ihtiyar ve karşısındaki gazeteciye soruyor:

"Sen Alman mısın?"

"Evet!"

"O zaman sen bunu anlayamazsın!"

Bu konuşma sonradan Alman televizyonunda gösterildiğinde Almanları çok etkilemiş.

İhtiyar daha sonra konser bitince sahne arkasına geldi. Yırtıcı kuşlara benziyordu. Çılgınca heyecanlı ve kesik kesik konuşuyordu. Bir şey sordu bana. "Ne diyor?" dedim, çevirdiler.

"Senin adın da Mustafa mı?" diye soruyormuş!

Demek ki ilişkinin en kötüsü bile ilişkisizlikten daha iyiydi. Bundan hareketle şöyle bir kanıya varıyordum: "Ortalama Avrupalı, Türkiye'ye, ortalama Yunan'dan çok daha uzaktır." Uzun bir tarih perspektifinde aynı kaderi paylaşıyor güney halkları. İnsani ilişkilerin ve birey zenginliklerinin önem taşıdığı dönemlerde büyük uygarlıklar kurmuşlar. Daha sonra insan ilişkilerinin sıfıra indiği, soyut emeğe dönüşmüş işgücü gerektiren sanayi döneminde güçlerini yitirmişler. Şimdi kuzeyin teknik üstünlüğü ve toplumsal örgütlenişini hayranlıkla izleyip ama yine de insani ilişkilerde, sofra adabında, dostlukta kendi geleneklerini sürdürerek yaşayıp gidiyorlar.

1 Temmuz 1981... Messalongi konserine gidiyoruz. Menajer Manthos, Vera, Maria, orkestra üyeleri... Herkes biraz çekiniyor. Kenti görünce nedenini anlayacağım. Otelimiz Liberte'den çıkıp küçük bir yürüyüş yapıyorum. Üç yüz metre ilerde, beyaz heykellerle dolu bir park var. Türklere karşı çarpışırken ölmüş Yunanların heykelleriymiş bunlar. Son çarpışmada on üç bin Yunan askeri ölmüş. Lord Byron'ın öldüğü yer de burası. Hâlâ bu savaşı yaşayan, tutucu, fanatik bir kent diye bilinirmiş.

Stadyumun ortasındaki sahnenin arkasına park etmiş otobüsün içinde bekliyoruz. Tribünler doldukça doluyor. Maria, "Göreceksin," diyor, "ben halka her zaman güvendim," ama o da kuşkulu. "Bir düşmanlığı kırmak istiyorsak göze almamız gereken şeyler olacak."

Konserden sonra Manthos, "Savaş bittiğinden beri

buralara gelen ilk Türk'sün," diyor.

Belki de bu güzellikleri yaşadığım için, bir gün bir Yunan gazetesinde gördüğüm başlık beni çok mutlu etmiş ama şaşırtmamıştı. "Yunan müziğinin içinde bulunduğu krize çözüm Livaneli'den geldi!" Ardından da bir Alman gazetesi *Die Zeit* "O halkın türkülerini, halk onun türkülerini söylüyor!" spotuyla beni dünyaya tanıtıyordu.

PASOK partisi seçimlere girerken, "Hiroşima" adlı parçamı, seçim müziği olarak kullanmıştı. Daha sonra "Yunan müziğini en çok etkileyen besteciler" töreninde, bir döneme damgasını vurmuş besteci olarak ben de ödül aldım. Sıralamada yer alan ve Yunan olmayan tek sanatçıydım.

Maria ve Mikis gibi pek çok ülkenin sanatçılarıyla kurduğum dostluklar ve üretimler, sanatın ülkesi, sınırları olmadığının kanıtıydı.

Bir İnsan Ömrünü Neye Vermeli

Bir insan ömrünü neye vermeli
Harcanıp gidiyor ömür dediğin
Yolda kalan da bir yürüyen de bir
Harcanıp gidiyor ömür dediğin

Yüreğin ürperir kapı çalınsa
Esmeyen yelinden hile sezerler
Künyeler kazınır demir sandıkta
Savrulup gidiyor ömür dediğin

Dışı eli yakar içi de seni
Sona eklenmedi önce gideni
Ayrılık gününün kör dereleri
Bölünüp gidiyor nehir dediğin

Bir insan ömrünü neye vermeli
Para mı onur mu kaç dikenli yol
Ağacın köküne inmek mi yoksa
Çırpınıp duruyor yaprak dediğin

Zülfü Livaneli

Olağanüstü Dostlar

Yine zor yıllar geldi ve koşullara dayanamadığımızdan yuvamızı Paris'e taşıdık. Éluard'ların, Verlain'lerin, Rimbaud'ların, Sartre'ların, Hemingway'lerin, Picasso'ların Parisi'ne... Bizim Parisimizde de, Abidin ve Güzin Dino, Nâzım Hikmet'in eski eşi Münevver Andaç, Tülay German, Avni Arbaş, Komet, Selçuk Demirel, Erol Akyavaş, Mehmet Ulusoy, Alev Ebuzziya, Jack Lang, Francois Rabbath ve John Berger gibi eşsiz kişiler vardı.

O günlerde Paris'e gelen Uğur Mumcu'ya, Bedri Rahmi Eyüboğlu'nun Nâzım Hikmet için yazdığı "Yiğidim Aslanım Burda Yatıyor" şiirinden bestelediğim parçayı çalmıştım. Gözünden iki damla yaş gelmiş ve "Bu parça bütün demokrasi şehitlerimize ağıt gibi olmuş!" demişti. On yıl sonra Ankara'da yağmurlu bir gün suikaste kurban giden Uğur'un cenazesinde yüz binlerce kişi hep bir ağızdan "Yiğidim Aslanım Burda Yatıyor"u söylüyordu. Paris'te parçayı dinlediği zaman, bunun kendi ağıdı olacağını, belki de kendisine gözyaşı döktüğünü bilmesi mümkün değildi.

Yıllar sonra bu ağıdı yüreğinde hisseden başka dostlarla da söyleyecektim; Joan Baez, U2, Maria Farandouri, Mikis Theodorakis ve elbette en önemlisi, konserlerimizdeki yüz binler...

Bu çalkantılı hayatta geriye doğru baktığımda, çoğu zaman dostluklar sayesinde direnebildiğimi düşünüyorum. Şansım oldu; 20. yüzyılın birçok büyük sanatçısını tanıma, onlarla dostluk kurma, deneyimleriyle ve fikirleriyle zenginleşme fırsatı buldum ama ne yazık ki, aramızdaki yaş farklarından ötürü bu dostların birçoğuna veda etmek zorunda kaldım.

Bunlardan biri, *Sis* filmimde de oynayan üç Oscar'lı Elia Kazan'dı. Kimliğinin bir parçası Türkiye'ydi, bir parçası Yunanistan ve bir parçası da New York. Bu üç kimliği, çiçek dürbünü sallamışçasına birbirine geçen anılar denizinde kulaç atıyordu durmadan.

New York'ta konserim bittikten sonra sahne arkasına geldi. Boynuma sarıldı, adeta asılı kaldı. Bana çok güzel şeyler söyledi; yaşadığım sürece hatırlayacağım güzel sözler... Sonra onu uğurlarken tekrar boynuma sarıldı. "Beni bu yaz Kayseri'ye götür yine!" dedi. Ona değen yanağımın ıslandığını hissettim. Anadolu'nun büyük çınarı, koca Elia Kazan ağlıyor muydu, yoksa yağan kar mı eriyordu yüzünde, anlayamadım.

Bu adam İngiltere kraliçesinden "sir" unvanı aldı. Fransız Akademisi'ne üye seçildi. Orson Welles'ten boşalan üyeliği kendisine verdikleri gün, "Herhalde boyut meselesi," diyordu. "Welles'in iri gövdesinin boşalttığı koltuğu ancak ben doldurabilirim." Her zaman ve her yerde olduğu gibi, kendisine verilen unvanlarla da dalga geçmeyi ihmal etmiyordu Peter Ustinov.

İlk sohbetimizde söylediği şu söz, kulaklarımda o davudi sesiyle hâlâ çınlar.

"Ben," demişti, "okullarda bana öğretilenleri unutabilmek için on beş yılımı verdim."

Biraz Rus, biraz Habeş, biraz İngiliz ve çokça dünyalı...

Peter Ustinov, çeşitli ırkların ve boyların harman olduğu yüzyılımızın 130 kiloluk simgeydi sanki.

Albert Camus'ye "Dünya saçmadır," dedirten, Koestler'i karısıyla birlikte intihara sürükleyen, Gramsci'yi sonsuz acılara boğan ve 20. yüzyıl aydınının ruhunu kanatan aptallıkları, ırk ayrımcılıklarını, dar bölgecilikleri, faşizmi, fanatizmi lanetleyen ve dayanabilmek için fıkralar anlatmayı, güldürmeyi seçen bir sanatçı.

Amerikalı polise, "Ben pembeyim!" dediğini anlatmıştı bir gün. Pasaport polisinin bu cevap karşısında şaşkınlıktan iri iri açılmış gözlerine bakarak yineliyor Ustinov:

"Evet! İşte görüyorsun, cildim pespembe."

Amerikalı polis bakıyor, "Ama böyle cevaplayamazsın," diyor. "Formda beyaz mı siyah mı diye soruluyor. Sen beyaz olduğuna göre, beyaz diye yazmalısın."

"Ama gerçek bu değil ki!" diyor Ustinov. "Bak cildime. Gördüğün gibi beyaz değil, pembe." Ve kararından dönmüyor. Giriş formunu "pembe" diye dolduruyor.

Irk ayrımına karşı alçakgönüllü ama onurlu bir protesto.

Peter Ustinov İngilizce, Fransızca, Rusça, Almanca, İtalyanca, İspanyolca ve daha birçok dil konuşur. Film yönetir, oyunculuk yapar, oyun sahneye koyar, oyunlar, hikâyeler yazar, politik toplantılara katılır, tek kişilik şovlara çıkar. Sultan Abdülhamid, büyük dedesine bir nişan vermiş. Onu ara sıra göğsünde taşır.

Aklıma en yakın dostlarım Thilda ve Yaşar Kemal geliyor, yarım asır süren evliliklerini düşünüyorum.

Anadolu'dan Karacaoğlan, Pir Sultan, Dadaloğlu rüzgârlarıyla gelen coşkun, kabına sığmaz, Hitit heykeli gibi bir adam ve Osmanlı sarayındaki paşa dedesinden devraldığı geleneği, dünya kültürüyle bütünleştirebilen kelebek kanadı kadar zarif bir kadın.

Dilinde İngilizce, İspanyolca, Fransızca şiirler, öyküler, romanlar, destanlar...

Hem bu toprağın insanına, geleneğine, diline, kültürüne müthiş bir sahip çıkma, olağanüstü bir bağlılık hem de tüm dünya kültürlerine hayranlık.

Bu iki olağanüstü insan arasındaki sevda bir mucize değilse nedir ve nasıl başka türlü açıklanabilir?

Bence aşkın dışında bir başka boyutu daha var bu işin. O da üzerinde yaşadığımız toprakların yüzyıllar içinde oluşturduğu birlikte yaşama armonisi.

Bunca değişik kökenden gelen, başka koşullarda yetişen iki insanı aşk bir araya getirmişti: İkisi birbirini tamamlıyor, bütünlüyordu. Çünkü aynı evrensel değerlere inanıyorlardı.

Hayatımı etkileyen bir büyük dost da Abidin Dino'dur. Onun dokunduğu her şeye mucizevi bir ışık verdiğini neredeyse gözlerimle gördüğümü söyleyebilirim. Benim de içinde bulunduğum bütün Türk sanatçılarını daha dünyalı olmaya, yerellikten kurtulmaya ve sürekli "hüzne eğilimli" tavrımızdan sıyrılmaya itiyordu. Sanatta fanteziyi çok severdi. Yaşamın çeşitlendirilmesi ve renklendirilmesiydi bu ona göre.

Biraz da Abidin Bey'in etkisiyle yeni bir plak için besteler yapmaya başlamıştım Paris'te. Montparnasse'taki evin kokusunu ve Paris'in yaşama kıvancını çağrıştıran bu albümün adı da belli olmuştu: *Ada.*

Ada albümündeki şarkılar Paris etkilerine uygun olarak şanson tadına daha yakındır. O plakta hiç saz kullanmadım, halk şarkılarına yer vermedim. Orhan Veli'nin iki şiiri üzerine çalıştım önce, "İstanbul'u Dinliyorum" ve "Gün Olur Alır Başımı Giderim..." Daha sonra Paul Éluard'ın ünlü şiiri "Özgürlük" için kolları sıvadım. Şiirin Türkçedeki o çok güzel çevirisi işimi kolaylaştırıyordu. Melih Cevdet ve Orhan Veli, şiiri belki de aslından bile daha güzel biçimde çevirmişlerdi. Zaten Sabahattin Eyüboğlu, Melih Cevdet, Orhan Veli, Orhan Burian, Sabri Esat Siyavuşgil ve diğerleri, zamanında öyle güzel çeviriler yapmışlar ki insan şaşırıp kalıyor. Bu çevirilerle Türk dilinin olanaklarını genişletmişler, dili zenginleştirmişler.

Daha önce Brecht'in "Sürgün" şiiri için bestelediğim ezgiyi, sonradan başka sözlerle *Ada* albümüne koydum. Bu şarkıya yazdığım şiir, Louis Aragon'un ünlü dizesi "Mutlu aşk yoktur"dan esinlendi. Sonra Aragon'un Atilla Tokatlı tarafından müthiş ustalıkla çevrilen "Yalnız İnsan" adlı şiirini besteledim.

Derken sıra Sait Faik'e geldi. Onun şiirlerinden değil, zaten yoğun bir şiirsellik taşıyan düzyazılarından yararlandım ve bazı cümlelerini birleştirerek şarkı sözü yaptım. "Bir insanı sevmekle başlayacak her şey" sözü, şarkının nakarat bölümünü oluşturdu. Buna Dostoyevski'nin en çok sevdiğim "Dünyayı güzellik kurtaracak" cümlesini ekledim. Stockholm'de *Yılanı Öldürseler* filmi için bestelediğim ezgiye söz yazdım ve ortaya, "Gözlerin Bir Çığlık" adlı şarkı çıktı.

İlk plağımı tek sazla yapmış, ikinci plakta buna flüt ve kontrbas eklemiş, daha sonra geniş orkestra çalışmalarına gitmiş, bazen de *Ada* gibi halk müziğiyle hiç ilgisi olmayan çalışmalar yapmıştım. Yaşıyor, öğreniyor, etkileniyor, heyecanlanıyor, değişiyordum ve bu değişimlerin hepsi müziğime yansıyordu. Benim gücümü oluşturan da buydu işte. İçimden ne gelirse onu yapıyor ve kendimi hep risklere atıyordum. Bu, bir kişilik özelliğiydi. Hayatımın hiçbir döneminde, kazanmış olduğum kalelerin güvenli duvarları arkasına saklanıp kendimi korumayı istemedim. Hep yeni risklere atıldım. İyi bir müzikçi olarak kabul edildiğim anda sinema yapmam, gazete yazılarına başlamam ve daha sonra da politikada kendimi kurdun ağzına atmam başka türlü açıklanamaz.

Bütün bunlar bir tek istekten, yaşadığım tek ömür içinde her şeyi deneme hakkını kendimde görmemden kaynaklanıyordu.

Tıpkı yıllarca büyük bir dostluğu dünyaya yayacağımız, Türk-Yunan Dostluk Derneği'ni birlikte kuracağımız Mikis Theodorakis gibi.

Onun sanatçı yapısı hiçbir yerdeki haksızlığı kabul edemiyor ve sık sık isyan ediyordu. Sanatçıların politikada tutarsız olmaları denilen olguydu bu. Parti disiplinlerine boyun eğmiyordu. İyi ki de öyleydi, çünkü sanatçı vicdanının ve doğru bildiğini söyleme geleneğinin sona ermediğini gösteren ender insanlardandı.

Mikis politik bir sanatçıydı. Kurnaz pusulara yatmak yerine, gümbür gümbür atan yüreğinin tepkilerini dile getiriyordu. Birtakım küçük insanlar Mikis'i anlayamazlar çünkü kumaşları ayrıdır. Mikis daha büyük düşüncelerin, daha yürekten heyecanların ve başka bir çapın adamıdır. Onun davranışlarını gündelik hesap kitap mantığı içinde ölçüp biçemezsiniz. Yani "Bir kartal gibi onu gökyüzünde uçuran kanatları o kadar büyüktür ki, yürürken engel oluşturur."

1986 yılında Mikis ile kurduğumuz derneğe Türkiye'deki komiteye Yaşar Kemal, Aziz Nesin, Demirtaş Ceyhun, Zeynep Oral, Ersin Salman, Oğuz Aral, Bülent Tanla ve daha birçok arkadaşımız katılmıştı. Profesör Ekrem Akurgal, derneğe başkanlık etmişti. Atina'da da bu çapta bir komite oluşmuştu. 1997'de ise Mikis'le bir Avrupa turnesine çıkmamız şerefine dönemin Almanya Dışişleri Bakanı Klaus Kinkel, onurumuza devlet konukevinde bir parti vermişti.

Ekim 1986'da, *Toprak Ana, Cemile, Kopar Zincirlerini Gülsarı* gibi kitapların yazarı, ülkesinde adeta yarı-tanrı gibi sevilen gazeteci ve siyasetçi Cengiz Aytmatov'un davetiyle, Yaşar Kemal'le birlikte

Moskova'ya giderken, katılacağımız toplantının büyüklüğünün farkında değildik ama çok yakında büyük bir devrin kapanışına tanık olacaktık. Sovyetler Birliği'nden Rusya'ya dönüşün sarsıntılarını yaşayacaktık.

Moskova'ya ilk kez gittiğimde beni en çok etkileyen şey kentin görkemi yanında, heykeller oldu sanırım. Devlet adamlarının heykelleri süslemiyordu kenti. Büyük sanatçılarıyla birlikte yaşıyorlardı. Gorki heykeli ve yanında en önemli caddelerden biri olan Gorki Caddesi (şimdi adı değiştirildi). Puşkin, Tolstoy, Dostoyevski, Gogol, Mayakovski, Çehov'un dev heykelleri ve alanlara, caddelere verilmiş adları, Rus dünyasında kültüre verilen büyük önemi vurguluyordu. Tiyatroların önünde her zaman kuyruk vardı. Kitaplar ve plaklar, çıktığı anda tükeniyordu. Tolstoy'un, Dostoyevski'nin, Çehov'un evini her gün binlerce kişi ziyaret ediyordu. Bu kültür ve sanat ortamı çarpıcı bir etki yaratıyordu. İnsanlığın, dünyanın neresinde olursa olsun kültüre ve sanata gösterdiği saygı, uygarlık düzeyini belirtiyor bence.

2018 yılında Rusça kitaplarımı Kızıl Meydan'da uzun bir kuyruk oluşturan okurlara imzaladığım zaman, Rusya'da kültürün ne kadar etkili ve yaygın olduğunu bir kez daha anlayacaktım.

Uzun uzun ağırlandıktan sonra Arthur Miller, James Baldwin, Peter Ustinov, Claude Simon gibi büyük yazarlarla birlikte 21 Ekim 1986 günü, Kremlin Sarayı'na gittik.

Tam beş yıl sonra, 1991'de bir darbeyle devrilecek olan Sovyet Sosyalist Cumhuriyetler Birliği'nin son başkanı Mihail Gorbaçov salonun girişinde bizi ayakta karşıladı ve hepimizin tek tek elini sıktı, "Hoş geldiniz," dedi. Uzun bir masanın çevresinde yazarlar ve sanatçılar dizilmiştik.

O gün Gorbaçov'la toplantımız iki buçuk saat sürdü. Herkes uzun uzun fikirlerini anlatma olanağı buldu. Bu görüşmeyi ve sonraki ilişkilerimi, *Gorbaçov'la Devrim Üstüne Konuşmalar* kitabımda anlattığım için burada özetlemeyeceğim. Yalnız orada söylediklerimi aktarmakla yetineceğim: Sıra bana geldiğinde, "Sayın Genel Sekreter," dedim, "bu toplantı için size teşekkür ediyor ve bu görüşmenin tarihsel bir önemi olduğunu vurgulamak istiyorum. Geçmişteki çeşitli hükümdarlar hakkında yazılan kitaplarda, 'Yanlarına şair ve bilginleri toplardı' diye övgü dolu cümlelere rastlanır ama sanki bu, geçmişe ait bir erdemdir. Çünkü özellikle 20. yüzyılda aydınlar ile hükümetler arasındaki ilişkiler trajik boyutlara varacak biçimde bozulmuştur.

Bu ilişkinin bozulmasında bence en büyük etken, yönetimlerin aydınlardan, kısa vadeli sorunların çözümünde yararlanmak istemesidir. Aydınlar ise yarına yönelik çalışmayı yeğliyor, sanatın uzun vadeli dolaylı etkisini biliyor ve gerçeği araştırma yolunda özgür kalmak istiyor. Geleceğimizin kurtarılması için, bozulmuş olan hükümet-aydın uyumunun her ülkede acil olarak yeniden kurulması gerektiğine inanıyorum ve sizin bizi burada kabul etmenizin, bu uyumun kurulmasına katkıda bulunacak sembolik bir başlangıç olmasını diliyorum."

Gorbaçov aydın-iktidar ilişkileri konusundaki düşüncelerini şöyle açıkladı:

"Sanatçı hangi yöntemleri kullanması gerektiğini kendisi bilir ve seçer. Bu konuda sanatçının özgür olması görüşüne katılıyorum. Bu sizin işiniz, sizin mesleğiniz. Ama gerçek sanatçı fildişi kulede oturmamalı, halkın sorunlarını dile getirmeli." Daha sonra şöyle devam etti: "Aydınlar ön planda insanı ele almalı ve onu düşünmeli. Eğer politika ve kültür bir uyum içindeyse, örnek oluştururlar. Şu düşünceyi paylaşıyorum: Politik yönetim ile modern kültür temsilcileri arasında bağ kurulması gereklidir. Bundan her iki yan da kazançlı çıkar. Politikada da doğrular ve yanlışlar vardır, sanat alanında da... Özellikle sanatçılar, eğer yaşamın gerçeklerinden uzaklaşıyor ve her şeye tepeden bakıyorlarsa ortada bir sorun var demektir."

İki buçuk saatlik görüşmenin sonunda Gorbaçov bizi uğurlarken şu önemli sözleri söyledi: "Sizleri hatırlayacağım. İnsanoğlunun cesaretine ve dürüstlüğüne olan güveninizi hatırlayacağım. Çeşitli uluslardan büyük kişilikler, günümüzün dünyasını anlamak ve geleceği konuşmak üzere bir araya geldiler. Olaylara, birbiriyle bağımlı ama aynı zamanda çelişik bir bütün olarak bakmak istiyoruz."

Gorbaçov bizleri karşıladığı yerde, salonun kapısında uğurladı. Hepimizin tek tek elini sıktı. Sıra bana geldiğinde elimi tuttu ve "Sizin müziğinizi seviyor ve çok sık dinliyorum," dedi. Tercüman Kurbanov Gorbaçov'un sözlerini aktardığında çok şaşırdım. Yaşar Kemal de yanımızdaydı. "Sayın Genel Sekreter benim müziğimi nereden biliyor?" diye sordum. Kurbanov gene çevirdi. Gorbaçov'un cevabı ilginçti. "Bana sizi çocuklarım tanıttı."

Gorbaçov bu toplantının önemini Harvard Üniversitesi'nde verdiği konferansta da tekrarlamıştı. Meğer biz bilmeden, farkında olmadan dünya tarihini değiştiren bir olaya tanıklık etmiş, hatta hızlandırıcı bir etki yapmışız.

Mihail Gorbaçov'la daha sonraki yıllarda da görüştük. İstanbul'da, San Francisco'da, Moskova'da, Bişkek'te buluştuk; Issık Göl'de tekne gezisi yaptık.

Kırgızistan'daki bir buluşmamızda bana, "Çalışma masamda sürekli olarak kimin resmi durur, biliyor musun?" dedi.

"Kimin sayın Başkan?" diye sordum. "Lenin'in mi?"

"Hayır!" dedi, "Mustafa Kemal'in."

Türk basını bu görüşmeye büyük ilgi gösteriyordu. Çünkü Gorbaçov bir efsaneydi ve bizden bir ay önce Sovyetler Birliği'ne giden ve kendisiyle görüşmek isteyen Turgut Özal'ı reddetmiş, ülkenin bir başka bölümüne gitmişti.

Başbakanı reddederek sanatçılarla görüşme davranışı ise bizim ülkede hiç anlaşılabilen bir şey değildi doğrusu.

Hürriyet gazetesinde "Gorbaçov'la İki Saat" adıyla yazdığım ve tam bir reklam bombardımanıyla sekiz gün süren dizi çok ilgi gördü.

Bu toplantıları başlatan Cengiz Aytmatov'la dostluğumuz yıllar boyunca sürdü gitti.

Ertesi yıl onunla İspanya'da, Granada'da buluştum. Bir sonraki yıl Venedik'te. Derken İsviçre'de Vengen'de, Almanya'da, sonra tekrar Moskova'da...

O günlerde gazetelerin birinde ilginç bir köşe yazısı çıktı. Yazının başlığı "Kırmızı Güvercin"di. Yazar, benim Mikis Theodorakis'i Türkiye'ye getirmemi ve hemen arkasından Moskova'da Mihail Gorbaçov'la buluşmamı "bir faninin yapamayacağı işler" olarak yorumluyordu. Kimse bu çapta işleri başaramazdı. Dolayısıyla benim arkamda uluslararası bazı güç odaklarının olduğu kesindi. Bir Türk böyle dünya çapında işleri bilmezdi. Komünist odaklar, gizli servisler, devletler vardı arkamda. Komplo teorileriyle dolu ve beni güldüren bir yazıydı.

Şimdi düşünüyorum da 1986, yaşamımın en bereketli ve önemli yıllarından biri olmuş.

Doğu Berlin Schönefeld Havaalanı müdürünün limuziniyle Batı Berlin'e geçişim, yaşamımda önemli bir dönemeci vurguluyordu. Çünkü yapacağım ilk film için kültür bakanını ve ünlü yönetmen Wim Wenders'i görecektim. Haberleri olsaydı bazı yazarlar Wim'le ortaklık kurmayı da komplo teorilerine dahil eder ve böylece, Gorbaçov, Theodorakis ve Wenders'ten oluşan ilginç bir Rusya-Yunanistan-Almanya şeytan üçgeni elde ederlerdi.

1981 yılında, Türkân Şoray, Yaşar Kemal'in *Yılanı Öldürseler* romanını film yapmıştı. Montajını Paris'te yaşayan eşsiz sanatçımız Abidin Dino'nun yapmasını, benim de müziklerini bestelememi istiyordu. Hepimiz Stockholm'de buluşmuştuk.

Bir gün filmi üzerine çalışırken Türkân Şoray ilginç bir şey söyledi: "Neden bir film yönetmiyorsunuz?"

Aslında bunu yıllardır düşünüyordum. İlk film müziğimden bu yana durmadan film kitapları okuyor; mercekler, özel efektler, montaj, karmaşık aks problemleriyle boğuşup duruyordum. Film yapımıyla ilgili teorik bilgim, neredeyse bir kitap yazacak kadar artmıştı. Türkân Şoray'ın önerisi bir karar almama neden oldu. Evet, film yapacaktım.

Müzikte, edebiyatta ve filmde, deyim yerindeyse

"mesafeli" bir anlatımı yeğliyordum. Bilinçli bir karar değildi bu. Yapım böyleydi; daha doğrusu içimden bu geliyordu. Günlük yaşamda bile, abartılı hareket eden birini gördüm mü onun yerine beni bir utanç kaplıyordu. Şarkılarım duyarlıydı ama hiçbirinde hıçkırıklı bir acı ya da göbek atan bir sevinç yoktu. Bir buzdağının ucu gibi, o duyguya ait alçakgönüllü ipuçları vermeyi yeğliyordum. Ötesi, kişinin çağrışımlarına kalmıştı. Yaptığım müzikten yazdığım yazıya kadar her alanda duyarlı olmayı, duygusallığa yeğlemişimdir. Duyguları sonuna kadar irdeleyen biçimler bana göre değil. Bir duygu birikiminin, buzdağının üstte kalan bölümü gibi duyurulmasını ve gerisinin izleyicinin-okuyucunun düş gücüne bırakılmasını seviyorum.

Sanatta ve yaşamda alçakgönüllülük kadar büyük bir erdem yok!

Kendi filmimi yapmak için karşı konulmaz bir istek duyuyordum. Kendi kurallarımı özgürce uygulayabileceğim bir yaratıyla baş başa kalacaktım.

Her işte olduğu gibi sinema macerasında da yol arkadaşlığı yaptığım kişi elbette Yaşar Kemal'di. Onun hangi romanını sinemaya aktarabileceğimi düşünüyordum. Bir ara *Demirciler Çarşısı Cinayeti* üzerinde durdum. Sonra *Yer Demir Gök Bakır*'da karar kıldık. Bunu konuştuğumuz gün Çekmece Gölü'nde bir sandaldaydık. *"Yer Demir Gök Bakır"* der demez, gölden iri bir balık fırladı ve sandalın içine "pat!" diye düşüverdi. Şaşırmıştık. Aldoux Huxley'in ünlü sorusu bir kez daha aklıma takıldı: "Olaylar mı insanlara göre gelişiyordu, yoksa insanlar mı olaylara göre biçimleniyordu?" İşte tam Yaşar Kemal kitaplarındaki mucizelerden biriydi bu da.

Hemen ikimizin de temeli olan halk mitolojilerine, efsanelere başvurduk ve doğru yolda olduğumuzu, *Yer Demir Gök Bakır* filminin dünyada başarı kazanacağını düşündük. Öyle de oldu doğrusu. Bunda balığın etkisi ne kadardı bilemem ama filmin yabancı ülkelerdeki her galasında ya da ödül töreninde sahneye çıktığım zaman, Çekmece Gölü'nün pırıl pırıl kısmet balığı aklıma gelir.

Film yapmak para gerektiriyordu. Bu parayı nasıl bulacağımızı bilmiyorduk. Ben teknik kalitenin en az Avrupa düzeyinde olması ve bunun için de yabancı bir kameramanla çalışmak gerektiği konusunda ısrarlıydım. Sonunda Brueghel'in kış tabloları gibi tasarladığım, hiçbir Türk köyüne ait referans taşımayan, evrensel bir dili ve estetik algısı olan bir film yapmak için Alman ekiple birlikte Erzincan'da, Rutkay Aziz'in de olduğu muhteşem bir oyuncu kadrosuyla çekimlere başladık. Karlar altındaki, yolu kapanmış köyde üç gruptuk: Köylüler, Almanlar ve Ankara-İstanbul'dan gelen film ekipleri ile sanatçılar. Bu üç grup arasındaki ilişkiler, vahşi doğanın yarattığı etkiler ve korkularla zaman zaman sertleşti, zaman zaman dostça bir havaya büründü.

Sonunda güçbela film çekimini tamamlayabildik. Uçaklar işlemediği için İstanbul'a trenle döndük. Filmimi Türk eleştirmenlerin bir bölümü sevmeyecek, yabancı ülkelerse göklere çıkaracaktı.

Atila Dorsay'ın eleştiri yazısı: "Alabildiğine yürekli, özgün, değişik bir film; bir anti-köy filmi, anti-Yeşilçam dramı, anti-doğa freski... ve sinemada (Peter Ustinov'un *İnce Memed*'i de dahil) şimdiye kadar yapılmış en başarılı Yaşar Kemal uyarlaması."

Batı basınından da birkaç örnek vereyim:

"Çok ince bir duyarlıkla, olağanın ötesini derinlemesine araştıran bir yönetmen." *Loisirs*

"Hüzünlü, pastoral bir senfoni." *Pariscope*

"Bir Türk esteti." *Telerama*

"Bu filmin sinema sanatına katkısı unutulmamalı." *Le Monde*

"Sinema ilk kez geleneksel kalıpların dışına çıkıyor." *Annie Opperman*

"Film Buñuel'i hatırlatıyor. Ustaca ve şiirsel." *Lyon Poche*

"*Pater Pançali* Hint sineması, *Raşomon* Japon sineması için ne ifade ediyorsa, bu filmin de Türk film tarihi içindeki yeri budur." *Al Arabi*

"Livaneli ilk filmiyle modern sinemanın Angelopoulos, Wenders ve Ruiz gibi estetikçileri arasında yerini aldı." *Libération*

Dünya basınının bu olağanüstü övgüleri, ilk filmini yapan bir yönetmen için cesaret vericiydi.

Hayatım boyunca hep sanatımla var olan ben 1994 yılında İstanbul yerel seçimlerinde aday oldum, hatta sonrasında bir dönem milletvekilliği de yaptım. Siyasete atılmamı birçok kişi anlayamadı ama anlayanlar da vardı. Bir mecburiyetten kaynaklanıyordu bu.

Konserlerimdeki kitlelerin sayısı giderek artıyordu, artık her yerde yüz binlerce kişi şarkılarımı hep bir ağızdan söylüyor, kuşaklar bu şarkılarla yetişiyordu. Bütün bunların bana yüklediği bir sorumluluk da vardı elbette. Bana çeşitli biçimlerde ulaşan kişiler, sürekli olarak bu büyük kitlenin isteğini iletiyordu. Mademki bu kadar büyük bir destek vardı, onlar adına bir şeyler yapmalıydım. Bu konuda yıllara yayılmış biçimde aldığım mesajları belki de on binlerce diyerek anlatabilirim. Artık sokakta bile yürüyemez olmuştum. Biri mutlaka boynuma sarılıyor ve dertlerini anlatıyordu. Lokantada garsonlar eğiliyor ve rahat yemek yememe bile fırsat vermeden sorumluluklarımdan söz ediyorlardı. Bu konuda yazılan mektuplar sandıklara sığmıyordu. Katıldığım "Siyaset Meydanı" gibi programlarda telefonlar kilitleniyor ve hep bu arzu dile getiriliyordu.

SHP'nin hükümet olduğu dönemde dostum Fikri Sağlar'ın ısrarlı müsteşarlık önerisini geri çevirmiştim. Politik niyeti olan her aklı başında kişi, önüne çıkan bu fırsatları değerlendirir ve bir noktada SHP trenine binerek, yükselen partiyle birlikte yukarılara tırmanırdı. Ne var ki ben politik kariyer istemiyordum. Sanatçı olarak yaşadığım hayat ve dinleyicilerle aramızdaki "aşk hali" bana yetiyordu ve ulaşılabilecek mevkilerin en büyüğü olarak geliyordu.

Uluslararası kültür merkezine dönüşen bir İstanbul vardı kafamda. Dünyanın en büyük aydın ve sanatçı toplantılarının, bilimsel konferansların yapılacağı ve dünyayla içlidışlı yaşayan bir İstanbul, içinde yaşayanlara da bir dünya kenti olma bilincini getirecekti. Dolayısıyla İstanbul, sabahları herkesin birbirine "Günaydın!" dediği bir kent olacaktı. Hayal değildi bu.

Alvin Toffler'dan Gorbaçov'a, Peter Ustinov'dan Federico Mayor'a kadar birçok aydın, İstanbul'un bir dünya kenti olmasına katkıda bulunacaktı. Dünyanın zenginliklerinin İstanbul'a akması demekti bu da.

Seçilmedim ve bir sanatçının kendisini en iyi ifade edeceği alan yine sanatıdır sonucuna vardım. Ne yazı, ne konuşma, ne siyasi eylem... Çünkü bunların hepsi yanlış anlaşılıyor. Halk ile sizin aranızda, geçmeniz gereken bir "siyaset kanalizasyonu" var. Buradan kirlenmeden geçmeye çalışırken çok yıpranıyorsunuz ve halka ulaşmanızı da engelliyorlar.

Bu olaylardan iki yıl sonra Doğan Hızlan, "Zülfü seçimi esas şimdi kazandı," diye yazdı. Kastettiği şey, UNESCO'nun beni iyi niyet büyükelçisi ve genel direktör danışmanı olarak onurlandırmasıydı. Bu grubun ilk üyesi Yehudi Menuhin'di ve içinde çok saygın isimler barındırıyordu. Daha sonra gruba Mandela gibi büyük liderler de katılacaktı. Paris'te UNESCO merkezinde yapılan bir törenle bana büyükelçilik beratını ve kırmızı pasaportumu teslim ettiler. İlk görevim, savaş sırasında okuldan mahrum kalmış Bosnalı çocuklara, hızlandırılmış kurslarla eğitim olanakları yaratmak için bazı ülkelerle görüşmeler yapmaktı.

Hayatımın şimdiki en güzel durağıysa edebiyat.

1978'de *Arafat'ta Bir Çocuk* ile başlayıp yirmiyi aşkın kitapla bugünlere gelen edebiyat serüvenimse belki de kendimi en iyi ifade edebildiğim sanat alanı. Artık her gün yazıyor, yazıyor, yazıyorum.

"Bu dünyada sana kötülük yapmak isteyen insanlar çıkacak karşına ama unutma ki iyilik yapmak isteyenler de çıkacak."

Sonsöz

Başta da anlatmıştım ya, babaannem bir gün bana herkesin içinde "Keçi!" dedi ama bunu o kadar güzel bir biçimde söyledi ki, çok küçük olmama rağmen bundan kötü bir anlam çıkarmamam gerektiğini anladım. Sonra devam etti: "Bu benim yavrum keçidir! Öteki çocuklar koyundur, onların büyük kuyrukları her türlü kabahatlerini örter ama bu benimki kapatamaz; dağkeçisi gibi yapayalnız kalır."

Şimdi aradan geçen yarım yüzyılı aşkın zaman diliminde sanki her an bu kehaneti doğrulamak için yaşadım.

Bunca deneyimden sonra yalnızlığı da biliyorum, kalabalıkları da; sevgiyi de biliyorum, dostluğu, düşmanlığı, öfkeyi de.

Hayatım boyunca bana en çok sorulan soru, niye çeşitli sanat dallarında ürün verdiğim oldu. Ben de onlara, Antik Yunan'daki filozofların bütün sanatlar ve bilimler arasında bir bağ olduğu sonucuna vardığını, eskiden sanatçıların birçok dalla birden ilgilendiğini anlattım; büyük besteci Hanns Eisler'in "Yalnızca müzikten anlayan kişi, müziği de anlayamaz!" sözünü hatırlattım. Kendimde "deneme hakkı" bulduğumu söyledim. Ama bunların hiçbiri gerçeği tam olarak yansıtmıyor, bir tek şeyi eksik bırakıyordu. O eksik parça ise, benim bu işleri yaparken aldığım korkunç zevkti.

Söyleyin bana, evde yaptığınız bir bestenin stüdyoda yavaş yavaş kanlanıp canlanmasının, sonra bunu milyonlarca kişinin söylemesinin verdiği zevk başka neyle ölçülebilir?

Ya hayalinizde kurduğunuz bir sahnenin sinema perdesinde hayat gibi akıp gitmesi?

Ya mutlak bir yalnızlık içinde yazdığınız romanların farklı dillerden ve kültürlerden insanlara ulaşması?

Hayatta bunlarla ölçülebilecek bir zevk olduğunu sanmıyorum. Bu yüzden yaşadığım tek ömür içinde her şeyi deneme hakkını kendimde gördüm, hâlâ da görüyorum. Elbette bunları beğenen de olacak, beğenmeyen de.

Benim yolum belli; dinleyicilerim, okuyucularım, seyircilerim istediği sürece üretmeye devam edeceğim. Beğenmeyenlerden ise tek bir ricam var: Bana sırtlarını dönmeleri, beni unutmaları.

Son yıllarda yazdığım romanların sayfaları bir masal kuşunun kanatları gibi açılarak beni dünyanın çok değişik köşelerine uçurdu; bestelediğim müziğin notaları sanki raylar üzerinde hareket ederek bilmediğim kültürlere taşıdı. Kimileri gövdemi ve ruhumu yok etmeye çalışırken, kimileri sanatçı gururumu okşayacak büyük ödüller sundu; yatak altında gizlenerek okuduğum kitaplar sonucunda dünyanın büyük üniversitelerinde dersler, konferanslar verdim.

Kendi ülkesindeki antidemokratik rejimlerin bir sivrisinek gibi ezmek istediği bu insan, o kayıp yıllarda bestelediği ezgiler sayesinde hapis yattığı yere çok yakın bir alanda en büyük kitleyle buluştu.

Ömrümün dökümüne baktığım zaman büyük sanatçıların dostluğunun yanı sıra, küçük adamların düşmanlıklarını da görüyorum.

Her dönemde benimle uğraşan, yazı yazmamı, beste yapmamı engelleyen küçük insanlar oldu. Güzel günler paylaştığımız eski arkadaşlarımdan bazıları bile benim aleyhime sayfa sayfa yalan döşendiler.

Bunları okuduğum zaman, içlerine düşen ateşin ne kadar harlı olduğunu fark etmek irkiltti beni. "Meğer yıllar boyunca ne kadar çok acı çekmişler," diye düşünmeden edemedim. Ama bunlar arasında hiç büyük sanatçılar, yazarlar, yani ciddi yaratıcılar yoktu.

Şimdilik hayattayım ve her şeye rağmen yazmaya, üretmeye umutla devam ediyorum.

Varoluş denilen mucizenin sınırlarını hâlâ anlamaya çalışıyorum.

Çünkü eğer...

- 1878 Osmanlı-Rus Harbi'nde Artvin Livane Sancağı'nın Yusufeli dağlarındaki Bıçakçılar köyünde yaşayan ve at yetiştiren Yusuf Ağa, bütün ailesi ve kendisi Ruslar tarafından yok edilmeden önce, Ömer adını koymuş olduğu erkek çocuğunu Erzurum'a Ahmet Muhtar Paşa'ya göndermiş olmasaydı,
- Subay olan bu evlat, Erzurum'da halka büyük zulüm yapan Rus işgal kuvvetleri komutanını öldürdükten sonra hastaneye yatırılıp günlerce aç bırakılarak zayıflatılmasa, her gün katran sürülerek teni esmerleştirilmese ve görgü tanığı askerle birlikte, suçluyu bulmak üzere bütün birlikleri dolaşan Rus heyetine değişik bir insan gibi göründüğü için kurtulmasaydı,
- Kolağası Ömer Bey Harput Redif Taburu'na tayin edildikten sonra Ümmü Gülsüm adlı kadınla evlenmeseydi,
- Bu evlilikten başka bir çocuk değil de Zülfikar adını verdikleri çocuk doğmasaydı,
- Bu çocuğun, yetişip hâkim olduktan sonra Emine

Hanım'la evliliği olmasaydı ve bu evlilikten Mustafa adını verdikleri bir çocuk doğmasaydı,

- Mustafa Bey savcı olarak Ilgın'a tayin edilmese ve ilk görev yeri olan bu ilçe adliyesindeki odasından görünen bir bahçedeki kumral kızı beğenmeseydi,
- Bu evlilikte, milyonlarcası yerine bir tek tohum ötekileri alt etmeseydi,
- Normalin altında bir kiloyla ve boynuna kordon dolanmış olarak doğan morarmış bebek maharetli bir ebenin elleriyle hayata döndürülmeseydi...

...ben var olmayacaktım.

Zaten "ben" diye bir şey oluşmadığı için, doğmuş bile sayılmayacaktım. Bunun dünyaya ne gibi etkileri olacaktı?

Her insan minimal düzeyde de olsa dünyaya kendince iyi ve kötü katkılar yaptığına göre, elbette benim var olmama durumumun da hiçbir zaman bilemeyeceğimiz birtakım sonuçları olacaktı.

Bunların en önemlisi, çocuğum da doğmayacaktı, var olmayacaktı.

İkinci olarak, benimle bir ömür geçiren ve çocuğumu doğuran karım, başka bir hayat sürecekti.

Annem, babam, kardeşlerim ve arkadaşlarım, benimle olan etkileşimlerindeki iyi ve kötü olayları yaşamayacak, bunun farkında da olmayacaklardı.

Zaten bu hayat zincirindeki minimal bir sapma sonucunda babam da var olmayabilirdi, dedem de, ondan öncekiler de!

Dünyaya gelmek ve var olmak bir mucizedir ama insanların çoğu bunu düşünmez.

Dünyaya gelmiş olmalarını ve varoluşlarını çok doğal karşılar ve bunun sayılamayacak kadar çok parametrenin kesişmesiyle oluştuğunu akıllarına getirmezler.

O mucizeyi yok edenler, hatta bununla övünenler de ne yaptıklarını bilmezler. Ama düşünenler ve bilenler de vardır. Ve bu insanlar zaman zaman "varoluş korkusu" içine girer, aynaya baktıkları zaman kendilerinin seçmediği yüzlerinin ne anlama geldiğini çözmeye çalışırlar.

"Ben" ne demektir? Var olmanın bir anlamı var mıdır? Ve hangi nedenden dolayı o insan sizsinizdir?

Bir kere var olduktan sonra artık sonsuza kadar varsınızdır, var olmamış kategorisine geri dönemezsiniz. Ölüm sizi bütünüyle yok edemez.

Çünkü en azından dünyanın fiziksel ve biyolojik varlığını mikro ölçüde de olsa değiştirmişsinizdir. Başka var olanların yaşamına etkileriniz olmuştur. Az ya da çok ama mutlaka.

Sonra size, içine doğduğunuz kültüre, bölgeye, dine uygun bir isim verirler. Bu ad ve "ben" kavramı bütünleşir.

Doğduktan sonra verilen isim, varoluşunuzun bir parçası haline gelir.

Bu varoluş ürküntüsünü içinde duymamış insan var mıdır acaba? Sanmıyorum. Bunu herkes ya rüyasında hisseder ya da yaşamının beklenmedik bir anında sebepsiz hüzünler ve korkular kaplar içini. Ama kimileri bunu bilince çıkaramaz.

Benim rastlantılar sonucunda var olmam sayesinde yazabildiğim bu kitabı, yine rastlantılar sonucunda var olan siz okuyabiliyorsunuz; uzayın ve zamanın sonsuzluğunda birbirinin yanından geçen iki küçük meteor gibi.

Bu yüzden herkesin yaşamı birbirine benzer.

Bütün bunlardan öğrendiklerime gelince:

Nâzım'ın "ölürken zeytin ağacı diken adam" örneği gibi, başkalarına yararı dokunacak şeylerin, en önemli hazine olduğunu öğrendim.

Geçici ile kalıcı arasındaki farkı öğrendim. Hayatta ne kadar hata yaparsanız yapın, eğer zamana dayanan ve gelecek kuşaklara aktarılan eserler vermişseniz ayakta kalıyorsunuz. Benim kadar heyecanlı ve oradan oraya savrulduğu için çok yanlış yapan birinin hayatını besteleri ve kitapları kurtardı.

Şöhret ve mutluluğun ateş ile kar gibi olduğunu öğrendim. Biri ötekini azaltıyor ya da yok ediyor.

Kozmosta hiçbir büyüklük ifade etmeyen dünyamızın bir köşesinde yaşadığımız küçük hayatı çok önemsememeyi öğrendim.

İnançların, insanların ölüme karşı çırpınışı olarak tanımlanabileceğini kavradım ve o andan itibaren samimi dindarları eleştirmedim. Bu işi siyaset olarak kullananlara ise nefretim arttı.

Gerçek başarının bir yan ürün olduğunu öğrendim. Başarıyı hedeflerseniz onu kazanamıyor, unutup da kendinizi iyi bir iş yapmaya adarsanız geldiğini görüyorsunuz.

Moda fikirlerin, siyasetlerin ve sanat akımlarının sıfır olduğu konusundaki inancım pekişti. Çünkü zamanın bunları eskittiğini ama gerçek yapıtları koruduğunu gördüm.

En iyi yaşam biçiminin, düşman yaratmadan yaşamak olduğunu öğrendim. Sonunda onlarla baş edebiliyorsunuz ama ömrünüz paçalarınıza dolananları kovalamakla geçiyor.

Büyük sanatçıların sadece kendi yaratısıyla uğraştığını, kimseyi kıskanmadığını gördüm.

Dünyayı değiştirmenin ne kadar zor olduğunu öğrendim. İnsanların, benim bir zamanlar düşündüğümden daha kötü olduğuna karar verdim.

Kentte büyümüş bütün memur çocukları gibi hayvanlara çok uzaktım ve onlardan korkardım. Sonra onlarla kucak kucağa yaşamayı öğrendim ve dünyamı zenginleştirdiler.

İnsanlığı bu kadar çılgın bir tür haline getiren ve birbirine kıymaya götüren itkinin, öleceğini bilen tek canlı olmasından kaynaklandığını anladım. Diğer canlılar gibi bu bilincimiz olmasaydı, daha iyi bir dünyada yaşardık.

Bilgeliğin bilgiden çok daha önemli olduğunu yüreğimin derinliklerinde duydum.

Milyarlarca insanı hareket ettiren temel itkilerin; onların beslenme ve üreyerek türünü devam ettirmeye programlanmasından kaynaklandığını görünce insanları çok âciz buldum. Bu koşullanmaların ötesine geçen büyük mutasavvıf, filozof ve şairlere ise hayranlığım arttı.

Dünyanın geleneğinde sanat diye bir sığınma limanı olmasaydı, derin bir mutsuzluktan hayat boyu kendimi kurtaramayacağımı hissettim.

Müziğin, ebedi sessizliği yırtma çabası olduğunu kavradım. Dünyanın, dönüşü sırasında Si notası çıkardığı söylenir. Galiba en kalıcı ve en güzel ses, bu uzun Si sesi. Ötesi, cılız çırpınmalar.

Makamıyla, parasıyla, şöhretiyle övünenler beni güldürmeye başladı.

Sonunda "ben" dediğim varlığın, kozmik sonsuzlukta bir an yanıp sönen bir ateşböceği bile olmadığını öğrendim.

Siz gençlere son bir küçük tavsiyem olacak.

Tıpkı Mikis Theodorakis, Elia Kazan, Yaşar Kemal, Orhan Veli, Nâzım Hikmet, Pablo Neruda, Lorca, Brecht, Aragon gibi hayata coşkuyla, şiirle, heyecanla yaklaşın; bireyci değil, çoğulcu olun; her şeyi inceden inceye hesapladığınız, stratejilerinizin esiri olduğunuz bir kariyer oluşturmayın, yoksa insanları soğuk buzlu camlar ardından süzen acımasız, duygusuz ve yalnız bir insan olursunuz.

Sevdanız ve kavganız olmalı hayatla.

Ve her şeye rağmen zaman zaman yok olmaya yüz tutmuş umudumu bana hep gençlerin yaptıkları işler geri verdi.

Dayanma gücümüzün sonuna geldiğimizde bile coşkuyla ayağa kalkabileceğimizi, hepimizin güvencesi olduğunuzu ve derin bir saygıyı hak ettiğinizi farklı zamanlarda hep gördüm ve görmeye de devam edeceğime olan inancım tam.

Size sahip olduğumuz için şanslı olduğumuzu biliyoruz; siz de kendinizi asla hafife almayın, kendinize güvenin ve yılmadan amaçlarınıza sarılarak yürüyün.

Unutmayın, dünyayı güzellik kurtaracak.

DK'da yayımlanmış kitapları

Arafat'ta Bir Çocuk

Zülfü Livaneli'nin yıllara yayılan, yıllarla beslenen, zenginleşen deneyim ve gözlemlerinden, Almanya'da, İsveç'te, Türkiye'de, sınırlar, sınır aşanlar, sürgünler, gurbetçiler üzerine, değerleri yıllarla sınanmış öyküler...

Engereğin Gözü

"Kitabı merakla ve son sayfasına kadar eksilmeyen bir zevkle okudum. İnsanın, düşsel, zalim ve bazen de umutsuz bir dünyayı keşfetmesini sağlıyor. Filmlerde romantik bir biçimde gösterilen harem evrenini ve genç kadınların yaşadığı hapis hayatını hiçbir kuşkuya yer bırakmayan bir gerçeklikle betimliyor."

Costa Gavras

Bir Kedi, Bir Adam, Bir Ölüm

"Gerçek bir şaheser! Teknik ve psikolojik olarak mükemmel! Öldürmek mi bağışlamak mı ikilemini en iyi veren roman."

Yaşar Kemal

Kardeşimin Hikâyesi

Sakin bir balıkçı köyünde genç bir kadının cinayete kurban gitmesiyle başlar her şey. Dünyadan elini eteğini çekmiş emekli inşaat mühendisiyle genç, güzel ve meraklı gazeteci kızın tanışmasına da bu cinayet vesile olur. Kurguyla gerçeğin karıştığı, duyguların en kuytu bölgelerine girildiği hikâye, daha doğrusu hikâye içinde hikâye de böylece başlar. Modern bir Binbir Gece Masalı'nın kapıları aralanır.

Konstantiniyye Oteli

Konstantiniyye Oteli, aslında binlerce yıllık koskoca bir şehir olarak çıkıyor karşımıza. Değişen, dönüşen, ama barındırdığı şiddet nedense aynı kalan bir şehir...
Zülfü Livaneli kaleme aldığı bu şehrengizde zengin bir insan panoramasıyla İstanbul'un derinliklerine inerken şehrin büyülü, ama bir o kadar da acımasız atmosferiyle buluşturduğu okuru sıra dışı bir yolculuğa çıkarıyor.

Orta Zekâlılar Cenneti

Üzerlerinde bir sevgisizlik kabuğu taşıyan orta zekâlılar, toplumdaki saygın yerlerini koruyabilir, insanların yaşamları hakkında kararlar verebilir, hepimizi yönetebilir ve pijamalarını giyip balkonlarına kışlık odunlarını istiflerken, ne bizler ne de vicdanları tarafından rahatsız edilirler.

Gözüyle Kartal Avlayan Yazar

"Yaşar Kemal'in çevresinde esen, sanki kişiliğinin ve bedeninin ayrılmaz parçası olan, gittiği her yere, girdiği her mekâna, sanki onunla doğmuş gibi farkında olmadan taşıdığı bir rüzgâr vardı. Unutulmaz roman kahramanlarından Yel Veli gibi sürekli koşarak ölümden kaçmak istediği için oluşmuyordu bu rüzgâr."

Zülfü Livaneli

Huzursuzluk

İstanbul'un hayhuyu içinde sıradan bir yaşam süren İbrahim, çocukluk arkadaşı Hüseyin'in ölüm haberi üzerine doğduğu kadim kent Mardin'e gider. Onun, önce sevdaya sonra ölüme yazılmış, Mardin'de başlayıp Amerika'da sona ermiş hayatını araştırmaya koyulur. Böylece âdeta bir girdabın içine çekilir, tutkuyla ve hırsla gizemli bir kadının peşine düşer.

Gölgeler

Yüzleri geçmişin hüznüyle gölgeleniyor. Gölgeler ebedi değil mi yoksa? Silinip gidecekler mi onlar da, İstanbul gibi?

Son Ada'nın Çocukları

Dünyanın en güzel adasında, neşeyle ve barış içinde yaşıyorduk bir arada. Ama bir gün adaya esrarengiz bir adam geldi... Ve her şey değişti. Kimse yaklaşan tehlikenin farkında değildi.

Zülfü Livaneli'den genç okurlara evrensel ve zaman ötesi bir başyapıt.

Arkadaşıma Veda

Büyük usta Zülfü Livaneli bir ülkenin kurtuluş destanını anlatıyor...

Yardımcısı Salih Bozok'un dilinden dâhi lider Mustafa Kemal Atatürk'ün hayat hikâyesi. Yüreği daima vatan sevgisiyle dolu iki arkadaşın, hayallerini gerçekleştirme masalı.

Atatürk'ün İzinde

Hazır mısın yolculuğa çıkmaya? Okumaya, düşünmeye, yazmaya ve üretmeye...

Arkadaşıma Veda romanından bölümler eşliğinde yaratıcı düşünme, okuma ve Yazma Kitabı.